JN064726

おおつごもりから

小薮 美恵子
KOYABU Mieko

文芸社

街は、買い物客も家に帰って、恒例の紅白歌合戦が始まり、走行する車の数も減り、静かになっていた。

認知症高齢者グループホームを経営する岡野とも子は、年越しそばに入れる野菜を買って、ホームに戻るため、軽自動車を走らせていた。

橋の袂《たもと》の信号が赤になり、車を止めた。粉雪が舞って、辺りは白っぽくなっていた。

漆黒の闇の中、凍てつく道路は、車のヘッドライトでそこだけ冷たく浮き出ていた。

とも子は、ライトの先で、赤い水玉のような物が点々と続いているのを見た。他に車は止まっていなかったので、車外に出てみると、黒っぽい物体が動くのを見た。恐る恐る近づいてみた。人間だった。

「どうかしましたか」

とも子が近寄ると、黒い物体はよろよろと立ち上がった。若い女性のようだった。

「どうかしましたか」

もう一度、とも子は声をかけた。

「大丈夫です」

弱々しい声が返ってきた。

「怪我をされていますか？」

「………………」

女性は襟巻きで顔を隠していたが、襟巻きから赤い血のようなものが、ポタポタ垂れていた。

「寒いですから、車に乗って下さい」

「いいえ、大丈夫です。車内が汚れますから、どうぞ行って下さい」

「車より、あなたが大事です。どうぞどうぞ乗って下さい」

女性は、なかなか車に乗りたがらなかった。とも子は、女性の背中を押しながら、後部座席のドアを開けて、シートに毛布を敷いた。女性はサンダル履きだった。

車に無理に乗せられたのが嫌だったのか、車に乗ってから、女性は一言も話さなかった。紅白歌合戦の楽しさが道路まで溢れていたが、二人はずっと無言だった。

ホームに着くと、ヘルパーの青木が駐車場まで出てきた。とも子から買い物袋を受け取ると、

「皆さん、お待ちですよ。さあ、……あら、どなたかいらっしゃるの？」

「そう、川田さん呼んで来て。皆さん、年越しそば、先に食べて下さいね」

「はい」

青木は怪訝そうに振り返りながら、ホームに入っていった。

「さあ、中に入りましょう。立って下さい」

女性の手と振れ合った。冷たく棒切れのようだった。車から引き出した時、あまりにも軽く感じられた。女性を物品のように扱ってしまったかも知れないと、とも子は済まない気持ちになった。

「ごめんなさいね」

女性は、頭をかすかに横に振った。無言のまま、二人はホームの中に入った。サンダル履きの女性の足は、寒さのためか、赤くはれ上がっていた。

介護主任の川田が、女性に声をかけた。

「温風を出してバスルームを暖めておきましたから、シャワーをどうぞ。温まらないと風邪を引きますよ。それから、傷の手当てをしないとね」

「…………」

「さぁ、どうぞ」

「お着替えの用意をしました。バスタオルもタオルも置いときます」

「そんな……。ご親切に。私など、勿体ない、もうおかまいなく……」

「早く入らないとね」

とも子は背中を押しながら、女性をバスルームに連れていった。

女性の力ない様子に、とも子はそのままシャワーの手伝いをすることにした。背骨が浮き出た背中にシャワーを当てると、あちらこちらにあざがあった。驚くと同時にこの女性のこれまでの日常は、どんなものだったのだろうと悲しくなった。

女性はとも子が用意した新しい下着と服を身につけると落ち着いてきた。

キッチンには、もう食事の用意ができていた。グループホームの利用者は、それぞれの居室に戻っていて、リビングは広々としていた。年越しそばの匂いは、もうしていなかった。おいしそうなお粥の匂いがしていた。

「どうぞ食べて下さい。お粥なら食べられるでしょう」

「私、私……。お金がないのです」

「お金をいただこうと思ってお連れしたのではありません」

「……………」

「あのう、お名前を聞いてもいいでしょうか」

「はい。西野ユキです。カタカナでユキと、申します」

「私は、岡野とも子です。ひらがなのともです。あちらが、介護主任の川田治子さん。ここは、認知症高齢者グループホームで、利用者が九人、職員が八人で生活しています。大きな家族です。日勤が三人で夜勤は一人で交替制です。今夜の夜勤は川田主任です。何かあったら頼んで下さい」

ユキと名乗った女性は、出されたお粥を食べ終わると、さっきまで着ていたびしょびしょになっている服のポケットから、小銭を取り出した。

「これが切符で、S駅からです。今持っているお金は二百三十六円です。これだけでは駅から改札の外へ出られません。帰る家もないのです。それで改札を通らずに線路から外に出る時、有刺鉄線に引っかかって、顔などを傷つけてしまいました。……もう死ぬことだけを考えていました。でも、電車に飛び込むことができなくて、線路沿いを歩いて橋の近くまで来ました。痛いとか、寒いとか感じられませんでした。今は、夢の中にいるようです」

「ずっと、ここにいてくださってもいいんです」

「いいえ、これ以上迷惑はかけられません」

「じゃあ、ここでお手伝いをして下さい」

「私、とろいので、できるかしら」

「生活の一部分と考えて、ここで一緒に生活していこうと思って下さい」

「………」

「セーターもエプロンもあります。明日、元日だけど、病院に行ってみましょうね」

「私、病院に行ったことがないのです」

「小学校や、中学校でも、お医者さんが来るでしょう」

「ええ……でも……」

「ごめんなさい。深入りしてしまったわね。誰にも言いたくないことがありますよ。ね」

「すみません」

「あら、もうすみませんやお礼は言わないでね。私は、寝床の用意をします」

とも子が廊下に出ると、物置部屋から手招きしている川田を見た。

「怪我はひどいですよね。明日、警察にお連れした方がいいんじゃないですか」

「困っている人をこのまま見捨てられないでしょう。少し様子を見てみましょう」

「何だか、怖い気がします」

「人は皆、それぞれ事情をかかえています。もう少し見てみましょう。大丈夫よ」

「そうおっしゃるなら、私も協力しますけど困ったら相談して下さいね」

除夜の鐘が鳴った。物置部屋に案内されたユキは、安堵のためか崩れるように座り込んだ。カーペットの上に敷かれた布団は、こざっぱりしていて、布団の中には、電気あんかが入っていた。

「今日は、私もここに泊まります。ゆっくりして下さいね。朝は起こしに来ませんから」

とも子が物置部屋をあとにして廊下に出ると、川田が待っていた。

「食事の用意ができてますよ。お腹空いちゃった」

「私もよ。キッチンで食べましょう」

「さっきの話だけど、大変そうな人かも知れないわね」

「そうね」

二人は、年越しそばをすすりながら、深いため息をついた。しばらく話がとだえた。

「かなり、厳しい生活をしていた人かも知れないですね」

「そうね。ここに来た人達にも、ご家族に虐待されて辛そうにされていた方もいらっしゃったわね。介護は、家族ではできないのよ。公的な支援や補助を受けて、他人が仕事として考えれば、全てうまくいくのよね」

「ユキさんは、ゆっくり傷を治してからこれからのことを考えればいいわ」

「でも、美しい人ね。やせているから子供のように見えるけど、もっと大人でしょう。話し方もしっかりされているし、二十歳くらいかしら」

「何だか、今年も大変な一年だったわね。来年は、今年よりもいい年になればいいわ」

「毎年、同じことを言っているような気がする」

「そうね」

「でも、私達も元気で、こうして来年を迎えられるのだからよかったのよ」

遠くの寺の除夜の鐘は鳴り止んでいた。車の走る音が少なく、初詣に出掛ける人々の話し声が聞こえてきた。おおつごもりの夜は更けていった。

翌朝。五時に起きたユキの鼻血は止まっていたが、頬や顎の傷からは出血していた。物置部屋のユキの様子を見に来たとも子は、

「病院へ行きましょう」

と、ユキに病院にいくことをすすめた。

「もう大丈夫です」

「かなりひどいですよ」

「いつも治っています」

「じゃあ、大型の絆創膏を貼っても新しい血が滲んでいるから、包帯を巻きましょう」

包帯を巻いていると、その横にも古傷があって痛々しかった。かなりやせていて、大人の女性とはほど遠く、中学生のように可愛らしく見えた。

「おはようございます」

川田が朝食を運んで来た。

「お粥なら食べられるわね」

ユキは、これ以上の親切を受けてはならないと思いながら、空腹から逃れることができなかった。

「あまえてしまって申し訳ございません。掃除でも洗濯でも、手伝わせて下さい」

「分かりました。私は、これから、駅へ行って切符代を払ってきます」

「申し訳ございません」

「あなたは、お掃除を手伝って下さい。川田さんと一緒に行動して下さい」

ユキは川田主任の指導でリビングの掃除を終わらせて、早番の佐藤ヘルパーと正月料理のセッティングをし、それが終わったのが七時三十分だった。

そうして、八時に九人の利用者が銘々の席に着いた。美しいお節料理は、味もよかった。全ての職員が、それぞれに得意な食材を調理していた。後片付けが済み、利用者の口腔ケアを済ませると、職員の食事になった。

「ユキさんも、おかずだけでも味見して下さいな」

佐藤が皿の上に、かまぼこ、伊達巻き、煮しめ、数の子、黒豆、生ハム、いくら等を乗せてユキに渡した。

「初めて食べました。おいしいです」

「お正月は、毎年来るのよ。お節料理、食べたことなかったの?」

「はい」

それ以上、誰も何も聞かなかった。

正月三が日が終わった。一日の流れが分かり、段取りもスムーズに行くようになり、ユキは心が軽くなっていた。

掃除が終わり、洗濯物を干していると、要介護2の畑中さんが物干し場に来た。

「こうして、段々に干すのよ。風が水玉を運んでいってくれるの。乾きが早いわよ」

「そう、早く乾くのはいいわね」

ユキは畑中さんに言われたように、洗濯物をずらして干していった。

「ほら、あちら見て、朝早く降った雨が、木の葉の先に光ってる。たくさんの真珠よね。私のものじゃないから、そばに行って取ったらいけないのよね」

「そうですね。きれいなものは、皆、見たいものよ」

「あちらには、ダイヤモンドのお城があるから、見てよ。きれいでしょ。どなたが住んでいるのかしら」

蜘蛛の巣に無数の露がついていて、朝陽を受けてキラキラと反射していた。

「おはようございます。今日は暖かいですね」

通路から、近所の水谷さんが声をかけてくれた。

「おはようございます。洗濯物がよく乾きます。ありがたいですよ」

「倉から玉ネギをたくさん出したので、食べてちょうだい」

玉ネギが入ったみかん箱が二箱、カートに乗っていた。

「こんなにたくさんいただいて、いいんですか」

「すぐなくなっちゃうよ」

「ちょっと待って下さい」

ユキは急いで、とも子を呼びに行った。

ユキに連れられてやってきたとも子は、箱一杯に入った玉ネギを見て、水谷さんに礼を言った。

「水谷さん、いつもありがとうございます」

「倉出ししたから、ついでだよ」

「うちもいちごがたくさんあったので持っていって下さいな」

「あらら、玉ネギでいちごとっちゃったね」

「物々交換かも」

「そうね」

皆で大笑いした。その後、世間話に花が咲き、玉ネギの箱をとも子とユキでキッチンに運ぶ時、とも子が言った。

「ユキさん、ちょっといいですか。ここでは、何でもできる私達と、サポートを頼まないと生活できない方々が生活しています。だけど、やってあげるとは思わないで下さい。利用者は、大切なお客様でもあります。働かせていただいていると考えた方がいいでしょう。私なんか七十歳に近いのに働かせていただいているんです。普通の職場だったら、とっくの昔にお払い箱ですものね」

「そんな……ことないです」

「そう思ってくれるのね。介護のお仕事は立派ですよ。尊厳に値するかしら」

「そう思えます」

「お互いにいい職業に巡り合えましたね」

「はい。そのように思います」

ユキが物干し場に戻ると、畑中さんがいなかった。

鍵のない門から、洗濯物干し場を通るとすぐ、表通りに続いていた。不安な気持ちで表通りに出たユキは、道端の草に見とれている畑中さんを見つけた。車も、自転車も、人も通る表通りは、大変危険な通りだった。

「畑中さん、おやつの時間です」

驚かせないよう静かに近づいた。

「はい。ありがとう」

二人は、ゆっくり歩いてリビングに入った。

「あのう、これ、洗っていただけませんか」

リビングに入ると、車椅子に乗った戸川さんがユキを待ち受けていた。小さな包みを手に持っていた。

「はい。少し、お時間がかかります」

「いいのよ。午前の時間に間に合わなかったのね。急ぎではないので、お願いします」

「かしこまりました。お預かりします」

笑顔で話しているユキを見て、様子を見に来ていたとも子は、

「だいぶ慣れてきたようね」

とユキに声をかけた。

「はい。お陰様で、ありがとうございます」

「このお仕事、いかがですか」

「いろいろ至らないことばかりですが、楽しいです。皆さん親切にして下さいます」

「これからですね。人間対人間ですから、いろいろありますよ」

「初めてのことばかりですので、毎日が新鮮です」

「あまり、人付き合いがないように見受けられますが……」

「はい。ここで、変われました」

「そうね。先ほどは驚かれたでしょう。玉ネギを運んでいただいて、ありがとう。畑中さんは、ゆっくりしか歩けませんから、見つけるのは簡単です。でも他の方々は、いったんここから出ると、見つけるのは大変です。認知症の人達ですから、外に出られる時は、戻られるまで一緒にいて下さい。ところで、おやつは何にしましょうか。いちごがたくさんあったかしら」

「はい。いちごと日本茶って佐藤さんがおっしゃっていました」

「佐藤さんは職員だから、敬語は使わなくていいのよ」

「はい」

リビングにはおやつの用意ができていて、利用者は、各々の席についていた。

昔の歌謡曲が流れていた。遅れてきた金井さんのおやつが置かれていなかった。

ヘルパーの青木が、金井さんを部屋に連れていき、おやつの用意をした。

隣に座っていた森さんが、金井さんのおやつを食べてしまっていたのだ。その対処の早さにユキは感動していた。

「森さんに、他の人の物は食べてはいけないと、注意しなければならないと思います」

ユキがとも子に言った。

「認知症の方に注意しても、効果は得られないでしょう。双方にストレスがかかり、逆効果ですよね。一緒に生活しているのだから、お互いに楽しい日々になるよう、工夫し続けたいのです」

「私でも、何かできますか」

「介護は人手不足で困っています。技術を身につけ、介護してやっているではなく、介護させていただいている、そういう気持ちで仕事をすれば、何でも見つかりますよ」

「難しいんですね」

「人が人にお手伝いさせていただくんですから、信頼関係を結ばなくてはね。細心の注意をしなければならないんです。でもね。自分と相手との距離がありますから、その差がトラブルを引き起こします。楽しいこともありますし、悲しいこともあります。毎日、勉強ですね。この歳になっても、まだまだ未熟者ですよ。死ぬまでに、お役に立てることがどれくらいあるかしら」

「そうですか。私は、今までにどなたかのお役に立てるなどと考えたこともありません。人様のお情けにすがって、生きてきたんです。こちらでは、ちょっと手をお貸ししただけで、ありがとうって言われて、戸惑っています」

「どうでしょう。ここで働いてみませんか」

「何の勉強もしていません。読み書きもできません」

「少しずつ覚えていただければいいんですよ」

「行く所がないのです。両親も死んでしまって頼る人もいません。本当に助かります」

「こちらこそ助かっています。では、車椅子の移乗の練習をしましょう」

「まだ、触ったことがないので怖いです」

「ちょっと、押してみて、そうそう、これがブレーキよ。両手でつまんで」

ユキは、四回ほど車椅子を押しながら廊下を往復した。

「大丈夫そうね。あちらの角の小滝さんは、おやつの後に二時間はベッドで休まれます。腰から下が動かなくなり、歩けなくなって二年になります。こちらに来られた時はすでに車椅子でした」

小滝さんは、車椅子の背もたれにもたれていた。

「小滝さん、そろそろベッドに行きましょうね。こちらは、これからお手伝いさせていただく西野ユキさんです。仲よくして下さいね」

「はい。よろしくお願い致します」

「こちらこそ、よろしくお願い申し上げます」

とも子が最初に車椅子を押して、リビングから廊下に出て、途中でユキにかわった。小滝さんの部屋は三号室だった。三号室に入るとピンクのカーテンがゆれた。

「さあ、足止めを上げて、爪先を揃えてね。ユキさんの太股を小滝さんのお股に入れて、小滝さんの体を胸に乗せます。小滝さんの体が軽く感じられます。やってみて……」

言われたように動いたユキは、小滝さんの体が軽くなったように思えた。落とすまいと必死で抱きかかえていたので、小滝さんは、体が痛かったのではないかとも思った。

「ベッドに寝る時、起きる時、おむつ交換をします。この時、おしっこの臭い、便の臭いで、体調が分かります。おむつをセットしておきます。テープ止めの上にパッドを置いておきます。薄い方がいいですよ。このおしっこの臭いはいいです。くさみのある臭いは、異状を知らせてくれます。それと色ね。茶色は、水分不足ね。ほら、いい色でしょ。これは、いつもの色です」

室内は、尿の臭いで充満していた。とも子はさり気なくほんの少し窓を開けた。

「お昼ごはんに間に合うように、お迎えにまいります」

「ありがとうございました」

笑顔で、優しく手を振って小滝さんは、これからもずっとこの状態でいると、手で合図した。

「こちらこそ、ありがとうございました」

ユキは、とっさに言葉が出たことに感動した。今まで、数えられるくらいの人数の人としか会ってこなかったし、お礼を言っても言われることなどなかったなあと思った。

廊下を歩いていると、トイレの前で、三年前から入所している田中さんと森さんが言い争っていた。ポケットがふくらんでいる森さんに、田中さんが大声で言っている。

「もうこれ以上、トイレットペーパーを持っていかないで下さい。後に入る人が困っているでしょう」

「持っていったって証拠でもあるの？」

「ポケットに入っているのは何よ？」

「これは貰ったの」

「誰に貰ったのよ」

「私よ。田中さんにもあげるわ。こちらにいらっしゃい。ユキさん、中に入れといて下さいね」

とも子は田中さんと備品室に行った。ユキは三ヶ所のトイレを確認し、棚の上から予備のトイレットペーパーを取り、補充した。大きなトラブルを避ける、とも子の知恵に感心した。


昼食の時間が近づき、とも子がユキを誘い小滝さんの部屋に向かった。

「さあ、今度は、ベッドから車椅子に移乗します。その前におむつ交換をしましょう」

小滝さんは便をしていた。ユキは、その臭いに耐えられず、その場を離れた。

それからユキがとも子と顔を合わせたのは、昼食後の休み時間であった。ずっと吐き気に悩まされて昼食は食べられなかった。

「冷たいヨーグルトをどうぞ」

「ありがとうございます。ごめんなさい。何も欲しくないです」

「誰でも通る厳しい道に来たのでしょう。これを乗り越えないと、この仕事は、無理なんですよ。この道は、介護の最も大事で、尊いところです。自分に置き代えて考えてみることも大切ですね」

夕食も食べられそうになく、一人で庭の雑草を取っていた。ユキを心配してくれる畑中さんがそっと近づいてきて一緒に手伝ってくれていた。

無言で、次から次へ引き抜いていると、むかむかしている胃も落ち着いてきた。

「さあ、中に入って下さい。風邪ひきます」

「寒くなってきましたね」

「日が沈むと、急に寒くなります。畑中さんも西野さんもありがとうね」

夜勤で入ってきた石沢が声をかけた。リビングには人影もなく、キッチンにラップをかけた夕食が、ユキのために用意されていた。

「温めておきましたから、冷めないうちに、食べて下さい」

石沢は、味噌汁も温めてくれていた。石沢が見回りから戻ってきた時、ユキは、完食して、食器も洗っていた。

「私もね、最初は、辛かったわ。離婚したばかりで、子供もいて、働きたかったから、何でもいいから働ける場が欲しかったのよ。ハローワークで講習が受けられる職場を探したの。臭いなんか何なのよって、心が言ったの。ここの利用者さん達に助けていただいて、人間になれたわ。それまではこのお仕事のこと、心の底で軽蔑してたのね。私って最低。このお仕事は素晴らしいのよ。便の色や臭いで、その人の体調が分かるから、早いうちに病院にお連れできるでしょう。ひどいことにならないから、お役に立てるの。そうそう、これ、マスクの下に入れるといいわよ」

ティッシュペーパーに石けんの匂いをつけた物を石沢がユキに手渡した。

「いい匂い。千人力ね」

「そうよ。私ね、離婚した時は、彼を憎んでいたけど、自分が一番悪かったと気付いてね。それから、気持ちが落ち着いて、今では、子供も家事などを手伝ってくれていて、勉強もできるようになったの。利用者さんのお陰よ。私がしっかりすれば、八方うまくいくのよ」

「そうですね」

「そう、とも子先生も相談に乗っていただけると思います」

「いい方に巡り合ったと思っています」

「そう、私も、経済的にも、何もかも余裕ができたの」

「よかったですね」

「基本をしっかり学べば、楽しい仕事です」

「初任者研修を受けてみようと思っていますが、心配です」

「受けた方がいいですよ」

「難しいですか」

「講習だけで試験はありません」

「何とかできそうですか」

「皆さん、できてますよ。古いけど、私の参考書があるから、さし上げましょうか」

「ありがとうございます。まだまだ先なので少しずつ読んでいきたいです」

「ちょっと待ってね。いつも持ち歩いているので、バッグを持ってくるから」

石沢がバッグから取り出した参考書は、角がすり切れていた。中には、赤や黄の複数の線が引いてあった。

「宝物なんですね。線が引いてある所は、大事な所なんですね」

「そうね。これだけやれば、どんな人でも覚えられますよ。私は、他人の四倍ぐらいやらなければ一緒にならないと思っているから、何色も線を引いてしまうんですよ」

「嬉しいです。私は、どこが大切なのか分からないから線が引いてある所をよく見ればいいので助かります」

「じゃあ頑張ってね。仕事だから、またね」

「はい。ありがとうございます。おやすみなさい」

「おやすみなさい」

ユキは、石沢から譲り受けた初任者研修の参考書をしばらく読んでいた。特別難しい内容はなく、読み方が心配な漢字は、読みがながふられていた。

ユキは大きな欠伸《あくび》をした。幸せな気持ちで眠れると思った。ここに来て、六時間以上眠れるようになり、体が楽になってきた。気だるさも感じられなかった。

仕事は全て補助であったが、利用者からの感謝の気持ちが嬉しかった。今まで、感謝の気持ちを向けられることは、一度もなかった。


水仙花が咲き、梅の花も咲き、散歩が楽しみになってきた。

この日は、車椅子の小滝さんと畑中さん、金井さん。職員の石沢とユキが当番であった。

朝から農道の梅の花びら、花蕊《はなしべ》の上を歩いた。車椅子を押しながら、ユキは、真っ白の道は自分にとって希望だと思った。

「素晴らしいわ。足から、頭の先まで真っ白に染まって、どこかの国の女王様になったような気持ちになるぅ」

畑中さんがそう言うと、小滝さんも楽しそうに口を開く。

「私も歩いてみたい」

「ほらほら、お膝の上に花びらがたくさんよ」

金井さんは、手の平で花びらを掬って、小滝さんの膝かけの上にたくさんの花びらを置いた。

「私にも春が来た。春って楽しいのね」

「暖かいし、花もたくさん咲いて、いい匂いがして気持ちがいいわね」

「わぁ、富士山が見える」

「ホント、ホント、大きいね」

四ツ角で、梅の木が植えられていない所の奥に富士山が見えた。

「私、若い頃、富士山に登ったことがあるの」

「すごいわね。昔は、足で登ったんだから。今は、車で半分まで登れるっていうんだもんね。びっくりよ」

今、食べたばかりの朝食や昼食のことを忘れて、食べていないと言う金井さん。何度も同じことを繰り返し問う畑中さん。昔のことはよく覚えている。今はよく会話が成り立っていると、不思議に思えるユキだった。

畑の中から、

「チョットー、大根持っていくかい」

近所の人が声をかけてくれた。散歩は、外の人達との楽しい接点でもあった。

三十分から一時間の散歩は、一日の大切な始まりで、気分転換に必要な時間だった。

途中で歩けなくなった人のために、予備で空の車椅子を押していた石沢の所に、近所の浦辺さんが大根を持ってきた。

「六本は乗るかい」

「立派な大根ですね。ありがとうございます」

「袋に入れたけど土があちこち付いちゃってる、大丈夫かい?」

「大丈夫です。ありがとうございます」

「また、会ったら、ネギをあげるよ」

「いつもすみません。ありがとうございます」

ホームに戻ると、おやつが用意されていた。小滝さんと畑中さんが、テーブルの上に梅の花びらを置いた。

「わぁ、きれい」

「こんなにたくさん、素晴らしい」

皆に囲まれ、小滝さんは嬉しそうだった。

「散歩は、歩いているだけではないのね。じっと座って壁の花になっていたら、認知症がますます進んでしまうのよ」

「そうですか」

「軽い刺激が必要です。ホームの中では、同じ人達だから、外部の人達に触れる散歩は大切なんです」

「近所の人達と楽しそうに話していると、お顔の色も赤みを帯びてきてました」

「そうでしょう」

「だから、毎日行きたいんですね」

「そうです。準備が大変ですけど……」

タオル、飲料水、リハビリパンツ、濡れタオル、着替え一式を持って、空の車椅子一台を押していく。近所の人はご家族に高齢者がいる人が多く、理解して手伝って貰えている。利用者は皆、病気のために家族と離れ、疎まれ、孤独に耐えざるを得ない毎日を過ごしているのを知っている。認知症という病気は、遠い記憶は覚えているが、近い記憶は忘れて、数時間前のことも忘れてしまっていることが多い。昨日の楽しいこと、悲しいことを忘れ、また、新しい朝が来る。

そして、忘れっぽさに個人差が生じて、様々なトラブルが発生する。誰も悪くない。思い違いが生じてくる。職員は、全てを良しとし、丸く収めなければならない。たくさんの研修を受けた職員が、利用者のヘルパーになれるのだ。

ユキが小滝さんのおむつを交換するために、車椅子を押して廊下を歩いていると、手袋をしたとも子に出会った。

「ユキさん、手伝ってくれる。下野さんのお部屋」

「はい。小滝さん、お部屋でテレビを見て待っていて下さい」

小滝さんにベッドに寝ていただいて、とも子の後を追ったユキは下野さんの部屋に入った。

窓を開けていたが、室内は大便の臭いで充満していた。

とも子は箪笥の引き出しを開けていた。

「ここにないとすれば、そっちの、左のドレッサーの中を見て下さい。大便の包みがあると思います。見つけても触れないで下さいね。私が処理します」

臭いがきついので、この中だと思ったユキは、コーナーに白い色の包みを見つけた。

「こちらに、それらしいのがありました」

「ありましたか」

とも子は包みを取り上げた。それは、トイレットペーパーに包まれ、絹のハンカチに包まれていた。

下野さんは一週間のうち、三、四度の割合で、部屋の中に隠していた。これは下野さんの宝物なのだ。そのつど職員は、下野さんの心を傷つけないで、尊厳を保ち処理しなければならない。下野さんは隠していることを忘れてしまっていた。

「ありがとう。下野さんの入浴を済ませるので、小滝さんのおむつ交換お願いね」

「はい」

にこにこ笑っているとも子を見て、ユキはこの先、こんな自分に続けられるのか。とてつもない暗闇の中で誰かの役に立てるのか不安になっていた。しかし、とも子の優しさが心地よく、行ったり来たりしている自分に不甲斐なさも感じていた。

小滝さんのおむつ交換を終えて、

「ありがとうございました。さっぱりしました」

嬉しそうに、微笑んでいる小滝さんにそう言ってもらえた。

「そうおっしゃって下さってありがとうございます。気持ちが悪い所はありませんか？」

「大丈夫です。ユキさんのおむつ交換が一番気持ちがいいです」

「わぁ、嬉しい。そのお言葉で、まだ続けていけそうです」

「そんな、ずっと続けて下さい。動けない者は、死を待つだけです。本当に何もできないんですから。いつも死ぬ時のことばかり、思い続けています。怖いです。でも生きて迷惑かけているなら、死んだ方が、皆が楽になるし、早くお迎えが来ないかしら……とも考えちゃいます」

「何をおっしゃいますか、あの戦争を生きぬいて、今の日本をお作りになった方が。お幸せな老後をお過ごし下さいますようにね。ここでは、皆様、家族ですよね。私なんか未熟者で、まだまだお役に立ててないですけど頑張ります」

「よかった。ずっと側にいて下さいね。私のおむつ交換、手袋をつけず、素手で行って下さるのは、とも子先生と、ユキさんだけですもの。汚ない物を処置していただいているのに、頭が下がります」

「そんな、勿体ないことをおっしゃって、私、嬉しいですよ」

二人の目に涙が浮かんでいた。

庭の雑草の伸びが早くなり、職員も利用者も時間を取り、庭に出ていた。ユキも畑中さんや一番若い木内さんと雑草を取っていた。お茶を運んで来た石沢が声をかける。

「ほら、今日は月曜日だから、彼が来るのよね。木内さん」

「ようやく月曜日になったの。待ち通しかったわ。もうドキドキよ」

「何の話なの？」

「ユキさん知らないの？ 月曜日は牛乳配達の日でしょう。木内さん、牛乳配達のお兄ちゃんが好きなんですよ」

「そうなの？」

「あら、いやだ」

「皆、知ってるのよ。応援してあげる」

「ありがとう。でも、恥ずかしい」

水を撒いていた木内さんの顔が光っていた。

「ほら見て、こうやってお日様を背中にして水を撒くと虹ができるのよ。ほらほら」

「わあ」

室内の利用者もリビングの窓を開けて見ていた。小さな虹だけど、幸せの宇宙が確かにあった。

この日やってきた牛乳配達員は、いつもの人ではなかった。その人に「いつものお兄さんは？」と聞いてみると、残念なことに四日前に退社した、とのことだった。木内さんは、がっかりして自室に閉じこもってしまった。

リビングのカレンダーには、月曜日に花丸が書かれてあったが、他のカレンダーに代えられていた。

木内さんは次の日にはもう忘れていて、女性週刊誌を見て、男性歌手やアイドルの順位付けをしていた。

もう一人の車椅子の戸川さんの部屋に入ったユキは、介護ベッドに寄りかかりながら絵を描いている戸川さんの真剣な顔を見た。

　壁には、同じ色に塗られた風景画が壁一面に並んでいて模様のように見えた。

「素敵な絵ですね。ここはどこですか」

「ずっと昔、二十代の頃、私、結婚していたのよ。ここで彼とワルツを踊っていたの。二人で烏瓜《からすうり》の花をつけて、とてもきれいだったわ。すぐに彼は戦死して、私が一人残ったのよ。子供はいなかったし、彼のお母さんが一人で暮らしていたので、後で一緒に住むことになって、その時が一番幸せだったかしら、この絵の中には、彼も私もいないの、何だか分からないけどいないのよ。でも、こんなに描いてもまだ描きたいの」

「明るい絵ですね」

「もう少し、リビングに行くの、待って下さいますか。あらあら、緑のドレスに白い烏瓜の花のレース、きれいよ。ユキさん、あなたが着てもよく似合うわ。陽の光を受けてキラキラ輝いてる。若さっていいわね。でも、二度と戻れないのよ。私にもあったの。でも本当に残念ね。烏瓜っていやな名前よね」

「ううん、そんなことないですよ。秋には赤い実もきれいですね。では、もう少し経ってからお迎えにまいります」

「ごめんなさいね」

「いいえ、いいえ」

　ユキが食事の準備の手伝いをして再度訪れた時は、戸川さんは絵を描き終わっていて、窓辺の景色を眺めていた。

「もういいですか」

「ええ、終わりました。とも子先生に貼っていただきます」

「私が貼りましょう」

　ユキは空いている壁に絵を貼った。

「さっきね。鷺《さぎ》が来て、私と目が合ったのよ。でも、すぐ飛んでいってしまった。大きな鳥って素晴らしいわ」

「この辺は、田んぼが多いからたくさんの小動物がいますね」

「そうね、ねずみも蛇も見たわ」

「蛇もですか」

「あそこで……だんだん細くなって、なくなっちゃって」

　ユキは戸川さんの話を聞きながらおむつ交換を終えると、リビングにお連れした。

利用者は食事を楽しんでいた。隅に座っていた要介護3の野口さんの声が聞こえた。

「空の茶わんを置いとかないで。確かに私のだけど、誰かが食べてしまったよ。私は、お腹が空いているんだ。早く用意して」

「まだだよ。いつも食べちゃって食べてないって大騒ぎなんだから」

利用者達が言い合っている。

「ちょっと、私と一緒に来て下さい」

川田が野口さんの部屋に誘った。川田はポケットにクッキーの箱を入れていたので、野口さんに差し出した。

「さあどうぞ」

「おいしそうね。おいしい」

夕食を食べ、クッキーも一箱食べ、空腹も満たされたのか、野口さんはようやく落ち着いた。食事のたびにクッキーを用意しなければならない人が、もう一人いる。下野さんである。野口さんが言い始めると、すぐ同調して要求するが、今回はなかった。

「さぁ、歯磨きして下さいね」

野口さんが入れ歯を取り出した。川田は、それを丁寧に磨いて入れ歯入れにしまい、鍵のかかるケースに入れた。

入れ歯は、個人の大切な持ち物の一つなので、夕食が終わると全員の入れ歯を各自の入れ歯入れにしまい、朝まで安全に預かっている。

野口さんは、口腔ケアを受けてから四号室の自分の部屋に入った。

ようやく、休みの日が来て、ユキは、朝から今まで貰った衣料品の整理をしていた。下着類や服も増えていた。

職員用の物干しに洗濯物を干していると、女の子が入ってきた。

「おはようございます。私、佐藤なみ子です」

「おはようございます。はじめまして。西野ユキです」

「お母さんから聞いています。洗濯物を段々に干すの、畑中さんが教えてくれたのよね」

「そう、なみ子ちゃんも教えていただいたの？」

「今、なみ子は六年生だけど二年前の四年生の時にここに来たの。今、ユキさんがいるお部屋にいたのよ。あそこからお庭に出るとすぐ畑が見えて、草取りをしたの。今は冬だから、何もないけどね。お母さんもなみ子もとても元気になったの。おばあちゃん達も子供みたいな時があるから、お友達になれるんだよ」

「そうね。皆、いい人だね。けんかするけど、すぐ仲よくなって楽しい」

「お掃除や洗濯は、私だってできるから、お手伝いできるし、難しいこともないし、ありがとうって言って貰えて嬉しい」

「皆で、知恵を出し合って、毎日生きていられるのって素晴らしいね」

「車椅子を押すのも最初は難しかったけど、今は大丈夫です」

「今までに車椅子を見たのは本の中ぐらいで、実物を見たのは初めてだったわ。おっかなびっくりで、触るのは怖かった。手はがちがちで、汗びっしょりで、足元はふらふらだったのよ」

「そうですよね。私は押すだけで移乗はできないの。お母さんがだめだって言うから」

「おばあちゃん達に万が一、怪我をさせたらいけないからね。私も、戸川さんと小滝さんの車椅子の移乗とおむつ交換だけで、他の方々には手も触れてはいけないと言われているのよ。もう少し経って、講習を受けたら介護士になりたいと思ってる」

「私は、高校生になったら講習を受けたいので、まだ四年もあるの。それまで、たくさん練習できます」

「そうね。急ぎじゃないから、丁寧にできるように頑張っていけるわ」

「今日は、ユキさん、お休みなのね。私はこれからお散歩に行ってきます」

「私も、とも子先生に許可を貰って一緒に行きたいわ。後から行きます。待っててね」

「はい。一人では行けないので、待ってます。嬉しいです」

ユキは、片付けてから、とも子の許可を取りにいった。

「なみ子ちゃんだけでは心配なので、職員を頼んでいたの。ユキさんが行ってくれるのなら安心だわ」

とも子は、介護記録を記入していた。手元には四冊の参考書が並んでいた。

「そのうち、ユキさんにも記入していただくわ」

「私、字も書けないから……」

「そう言うけど、車椅子を動かせるようになったでしょ。毎日、少しずつ学んでいけば、大きな力を出せるのね」

「嬉しいです。ありがとうございます」

「慣れることも大切です」

「そうですね。毎日、同じことをしていると、余裕が出てきます」

「余裕に過信すると、事故に繋がりますから落ち着いて、丁寧にね」

「はい」

ユキが玄関に向かうと、なみ子がコートを着て毛布を膝に掛けた戸川さんと一緒に庭にいるのを見た。

「お待たせしました」

「はぁい。なみ子が車椅子を押すから、ユキさんは介護袋を持ってて下さい」

「いいの？」

「大丈夫よ。もう二年も押してます」

「ユキさん、この前、大根をいただいた浦辺さんにりんご持っていってね。よくお礼を言って下さいね」

「はい」

佐藤から大きなりんごを五個受け取って、ユキは、介護袋に入れた。

道中は、空気が冷たかったが、気持ちよかった。戸川さんは、「青い山脈」を歌った。ユキもなみ子も聞いたことがない歌だったが、戸川さんの声は美しかった。

やがて、大きな富士山が見えてきた。

「今年は、私のせいで初詣をしなかったそうね。皆さんに申し訳ないわ」

「違うのよ。野口さんの旦那さんが亡くなったから、正月はお節料理だけにしようって、皆で決めたの。お飾りもなかったでしょ？」

「そうね。私は、自分のことで精一杯だったから気にしてなかったわ。右側にお社《やしろ》があったわね。行ってみる？」

「やめましょう。来年行けばいいいんじゃないの？」

「そうしましょう。来年、皆で行きましょ」

「戸川さんもそう言ってる」

「じゃあ、来年ね」

浦辺さんの家が見えた。外にたくさんの大根が干されていた。一行を見つけた浦辺さんが言った。

「散歩かい。ネギがあるから持ってきな」

「ありがとうございます。りんごを持ってきました」

「気を使わせちゃったかい。余り物だからいいんだよ」

「いえいえ。おいしい大根、ありがとうございました。また、こんなにたくさんネギをいただきまして、おばあちゃん達、きっと大喜びです」

「立派なりんごだね。こちらこそ、ありがとね。皆さんによろしくね」

「はい。ありがとうございました」

ユキは、ネギを介護袋に入れた。三人は、ネギの匂いをかぎながら来た道を引き返した。

四つ角に来た時、左から車が突進してきた。なみ子は車椅子のブレーキを引き、ユキは車椅子の前にしゃがみ込んだ。幸い、車は車椅子には当たらなかった。

車椅子の金具に頭をぶつけたユキの背中に、戸川さんの体が前に倒れ、息苦しさにもがいていたユキに、

「大丈夫ですか?」

と、傍らに居合わせた男の人が声をかけながら、戸川さんを引き上げてくれた。

「ありがとうございます」

「大変でしたね。お怪我はありませんか」

「はい。ありがとうございました」

「そうですか。じゃあ」

「ありがとうございます」

男の人は、ちらかったネギを集めてから、自転車に乗って走っていった。二、三十代とおぼしき笑顔の素敵な人だった。

「戸川さん、大丈夫？」

「驚いたけど、大丈夫よ」

戸川さんは、血の気の引いた顔色だけど、元気そうに見えた。

「あら、ユキさん、手首から血が出ているわ。なみ子ちゃん、絆創膏か何かないの？」

「あら大変、介護袋に入っているわ。ユキさん大丈夫？」

「ありがとう、大丈夫よ。戸川さん、なみ子ちゃん、ごめんなさい。私がぼんやりしていたから、こんなことになってしまって……」

「車が悪いのよ。逃げちゃったわ。ウインカーも出さないで、一時停止もしないで、ナンバーを見ることもできなかったわ。ひどい運転手ね」

「私が、注意しなければならなかったのよ。本当にごめんなさい」

ユキは、手首の痛さも感じられなかった。戸川さんもなみ子も無事で安堵した。なみ子は、絆創膏をユキの手首に貼った。なみ子の手は震え、足元も震えていた。

「なみ子ちゃん、ありがとう。ブレーキ、早かったね。二年選手よ。素晴らしい」

「ありがとう。分かってくれた？」

「もちろん、私の先生よ。なみ子ちゃんは」

「あらいやだ」

ユキは、今もまだ全身の震えが止まらないのを感じていた。とにかく三人無事だった。

門の前に来た時、戸川さんの顔色は、青白い色から元に戻っていた。

「ユキさん、温かいお茶が飲みたい」

「はい」

リビングでは、佐藤が三人分のお茶を入れていた。

「お母さん、散歩で車に轢かれそうになったの」

「えっええっ？　どこか怪我をした？」

「ユキさんが、手首を切ったの」

「すみません。なみ子が何か……」

「いいえ、車が突然飛び出してきたから。でもなみ子ちゃん、ブレーキかけるの早かったのよ。お陰様で、皆無事だったわ。すごいのよ、なみ子ちゃんは」

「そんなことないよ。ユキさんが、車椅子の前にしゃがみ込んだから、戸川さん、車椅子から落ちなかったの」

「よかったね。今度は、もっと早く気が付くようにしてね。ゆっくり周りを見て歩くのよ」

「はい。怖かった。なみ子、歯ががちがち音がしちゃった。ユキさんも震えていたよね」

「そうよ。怖かった。この次は、もっと注意します」

三人がお茶を飲んでいた時、佐藤が、

「ユキさん、とも子先生がお呼びです」

と、囁いた。ユキは、辞めなければならないと覚悟を決めた。もうだめだ。そう思った。

「ユキです」

「お入りなさい」

「すみませんでした」

「佐藤さんから聞きました。手首、大丈夫?」

「はい」

「大事に至らなくてよかったわね」

「はい。申し訳ございません」

「あら、悪いのは車の運転手ですよ。でも良い悪いは関係なく、もう少し、ほんの少し早く気が付けば、手首の怪我をしなくて済んだんですよ。怖かったですよね。車椅子の前にしゃがみ込んだのは、大変良かったのよ。なかなかできないことですよ。車椅子から落ちていたら、戸川さん、きっと大怪我をしてしまったでしょう。本当によかった。お休みの日なのにありがとう」

「いいえ、とんでもございません」

「ありがとうね。ゆっくり休んで下さい」

ユキは、まだ震えが止まっていなかった。とも子は、ユキの油断を責めなかったが他の職員が行っていたら、こんなことは起こらなかっただろう。戸川さんやなみ子にも迷惑をかけることもなかっただろうと悔やんだ。

四日後、朝から雨が降っていた。ユキが戸川さんの部屋に入ると、なみ子が学校帰りにホームに寄って、戸川さんの部屋にいた。

「戸川さん、洗濯物を持ってきました」

「ユキさん、こんにちは」

「なみ子ちゃんこんにちは。戸川さん、嬉しそうね」

「嬉しいわよ。孫と同じですもの。なみ子ちゃん、今日、悲しいことがあったんですって」

「何、何?」

ユキが問いかけると、なみ子が話し始めた。

「今日、学校に行ったら、一番仲がよかったあいちゃんが遠くに引っ越しちゃったことが分かったの。ずっと一緒にいようねって言ってたのにね。なみ子も四年生の時、お母さんとここに逃げてきたから分かるんだけど、ただ悲しいのよ。さよならって言いたかった」

「あいちゃんは、なみ子ちゃんの住所、知ってるんでしょう?」

「うん、ここのホームの住所も電話番号も知ってると思う」

「じゃあ、そのうち電話かかってくるわよ」

二人と会話しているうちに、なみ子の声も少しずつ明るくなってきていた。

「ユキさんもお友達いたでしょう?」

「私……」

ユキは答えに詰まった。戸川さんが話題を変えた。

「さあ、トランプの続きをしましょう。ユキさん七並べ分かるよね。三人の方が面白いわよ」

トランプは夕食の呼びかけまで続いた。この頃は、もう、いつものなみ子に戻っていた。

「なみ子ちゃんのお食事も用意できていますよ。食べていって下さい」

「ありがとうございます。今日、お母さんと一緒に帰ります」

「よかったわね」

なみ子は先にリビングに行った。ユキは戸川さんのおむつを交換した。戸川さんのおむつは汚れていなかった。それから戸川さんを連れてリビングに行った。

夕食のメニューは、鱈のフライとクリームコロッケ、ハムと野菜のサラダ、コーンスープとりんごだった。戸川さんは、スープとりんごだけ食べた。

「ユキさん、寝る前のおむつ交換の後で、戸川さんに栄養剤のドリンクをコップ一杯持っていってね。食事が摂れてないから」

「はい」

「明日の朝食を見て訪看の宮野さんに電話しようね」

「はい。さっきまでトランプをしていて、お変わりなかったんですが」

「朝食も昼食も少しだったからね。こういうこともあるのよ」

とも子は明るく言って、他の利用者と雑談していた。

おむつ交換をして、栄養剤ドリンクを入れたコップを持っていくと、戸川さんは眠っていた。気配を感じて目を開けた。

「心配かけてごめんなさい」

「ちょっと温めたので、飲みやすいと思います」

「ありがとう」

戸川さんは、一口一口、無理にコップを唇に近付けていた。全部飲んでいただきたいので、ユキは気付かない振りをしていた。

「おいしかったわ。ありがとう」

「お代わりしましょうか」

「いえいえ、もうたくさんです」

「ゆっくりお休み下さい」

戸川さんはゆっくり手を振った。この前の散歩中の出来事が、このようにしてしまったのかと、ユキの目から涙が零れた。もっと注意深く歩いていれば、このように戸川さんを苦しませることはなかったのにと、思い悩んでいた。

キッチンにコップを持っていくと、とも子が遅い夕食を済ませた人達の食器を洗っているのを見た。

「あら、よかったわね。全部飲んでいただけたのね」

「はい。でも私が注意して散歩を……」

「あなたのせいではないのよ。去年も食が進まなくて、医師は、老衰でしょうとおっしゃっていたのが、また元気になられたのよ」

「でも、これを飲んでいただくのも苦しそうでした」

「朝になったら、医師に相談しましょう。明日も忙しくなりますよ。早くお休みなさい」

「何かお手伝いできるでしょうか」

「いいの。これでおしまいよ」

とも子は明るく言った。


なかなか寝つけず、空が黒色から灰色になり白っぽくなりかけた時、ようやく眠ったユキは寝過ごした。皆は朝食を済ましていた。急いで洗い物を手伝った。

次の日、飯田医師が来てくれた。カーテンレールに点滴の管を通して戸川さんは栄養の点滴を受けた。その後、戸川さんは元気が出てきたが、絵を描かなかった。

寒い日が続いて散歩にも行かなくなった。しばらくしてなみ子が訪れた。

「ユキさん、お久しぶりです。バレンタインチョコレートを持ってきました。戸川さんと一緒に食べて下さい」

「あら、いいの？」

「私が作ったのよ。大好きな戸川さんとユキさんに食べて貰いたいの。ちょっと気になるすばる君にも食べて貰ったのよ。板チョコを溶かしてハートの型に入れて冷蔵庫で冷やし、上に果物形のグミを置いたのよ」

デパートの包み紙とピンクのリボンでラッピングされていたバレンタインチョコは、可愛く作られていた。

「わぁ、きれいね。きっとすばる君も喜んだでしょう？」

「まあねぇ。でもホワイトデーのお返しはできないって。お返しが欲しかったんじゃないのに」

戸川さんは、おいしそうに一個だけ小さいチョコレートを食べた。そして、ベッドの横の棚の上から古い小箱を取り寄せた。

「私は、この指輪をプレゼントしたいわ」

赤紫色のルビーの周りにキラキラ光ったダイヤモンドがついている高そうな指輪と、ダイヤモンドの指輪が、二個並んで箱の中に入っていた。

「とても高そうな指輪ね。お母さんに叱られるわ」

「私の母と、夫の母の形見なの。私には子供がいないから、なみ子ちゃんとユキさんに貰って欲しいわ。なみ子ちゃんは、赤い方がいいわね」

戸川さんは、ルビーの指輪をケースに入れて、なみ子ちゃんのポケットに入れた。ダイヤモンドの指輪はユキの中指に付けた。

「よく似合ってる。……あら、お母さんが来たわ。ほら、そこよ」

「えっ」

「ええっ」

二人は戸川さんが指さす方を見た。三メートルもあるミモザが黄色い花房をゆらしていた。椿の枝もゆれていた。

「そこまで母が迎えに来てくれているの。人は死んだら透明人間になれるのよ。その下の水仙の花もゆれている。あっ、行ってしまった」

「ほんと、もうゆれてない」

「ゆれてないわね」

「ごめんね。透明人間なんているはずないよね。おばあさんのひとり言よ」

「でも、花は、そこだけゆれてたわ」

「不思議ね。確かにそこだけゆれていた」

「ずっとずっと昔、父が亡くなった時、悲しむ私に母が話してくれたのよ。信じていなかったけど、確かに母が迎えに来てくれたの」

「そんな……」

「もうすぐ私も、母と一緒に旅に出るのよ」

「旅になんか行かないで……。もう少し経ったら大丈夫になるから……ね」

「もういいのよ。私の人生は大変だったけど、素晴らしかった。あなた方にも会えてよかったわ。こんなおばあさんなのに親切にしてくれて、感謝よ」

「私の方こそ、こんな子供に車椅子を押されて、嫌だったでしょう」

「そんなことないわよ。私にも孫ができて嬉しかったのよ」

「ありがとう」

戸川さんとなみ子ちゃんは、手を取り合って泣きだしていた。

しばらくして戸川さんは眠り、なみ子ちゃんは帰っていった。

ユキは、とも子に事情を話し、指輪を戸川さんに返して欲しいと頼んだ。

「戸川さんは、ユキさんに感謝の気持ちを伝えたかったのだと思うの。もし、石ころだったらどうする？」

「大切にします」

「石ころも指輪も、戸川さんには同じお母様からの贈り物よ。お返ししたらどう思うでしょうか？」

「分かりました。大切に預かります」


翌朝、いい天気で、利用者達は散歩を楽しんでいたが、戸川さんは点滴をしていて散歩を休んでいた。

「あ、戸川さん、何か欲しい物はないですか」

「そうね。何も欲しくない」

「お飲み物はどうですか」

「そうねぇ、サイダーを少し」

「分かりました。今すぐお持ち致します」

吸い飲みに百ミリリットルほど入れたサイダーを二口ほど飲むと、戸川さんは、

「ありがとう、おいしかったわ。眠くなったの。ごめんなさい」

と言って、それ以上は飲まなかった。

ユキはおむつ交換をした。ほんの少し、尿が出ていた。交換を終えた時、戸川さんが言った。

「ありがとう。早くお迎えが来ればいいのに、こんな針も必要ないの。静かに旅立ちたい」

「そんなこと、おっしゃらないで。去年はよくなったってね。今年も、もう少し経ったら、よくなるでしょう」

「もういいのよ。とっても満足」

「そんな、また、絵を描いて下さい」

「目が見えないの。おやすみなさい」

戸川さんは、微笑みながら眠った。点滴を変えに訪看の宮野が静かに入室した。

「ありがとうございます」

汚れ物を持って廊下に出ると、

「ユキさん、戸川さんの親類の方をお呼びして下さい」

後ろで宮野が囁いた。

「どなたもいらっしゃらないのです」

「そう、じゃあ、私から、市役所に連絡入れます」

「何か……」

「今年は無理かもね。先生が、おっしゃってました」

「えっ」

「戸川さん、もう……」

ユキの目から涙が溢れた。

「泣かないで。老衰なの。九十八歳だから、もう充分、頑張られましたね」

「………」

「さ、とも子先生にもお伝えしているから、戸川さんの思うようにしてあげましょう」

ユキは泣きながら、とも子の部屋の前に来た。

「宮野さんから聞いたのね。戸川さんはご自分の人生を一生懸命生きられたのよ」

「あんなことがなければ、もっと長く生きられたのに……」

「まだ気にしてるのね。皆、巡り合わせかもね。あなたは、戸川さんの娘のように接してきたわ。それは素晴らしいことよ。介護はね、職業では下の下と思っている人が多いのよ。時間まで勤めれば、簡単にお金になるって、誰でもできるってね」

「………」

「戸川さんは、お母さんにお会いしたいの。だから、その時まで見守りましょう。無理強いやネガティブ思考は一切NGよ」

「はい」


雨の日が続いた。

その夜、宮野は遅くまで戸川さんの部屋にいた。飯田医師は早めに帰ったが、電話で点滴を増やしたり、酸素濃度を計ったりする指示を出していた。

利用者達は皆、就寝中なのか、辺りは静まり返っていた。とも子の足音が聞こえてきたので、ユキは外に出た。とも子が戸川さんの部屋に入っていくのを見て、ユキも続いた。

「ユキさんも来てくれたのね」

「はい」

「戸川さん、さっき旅立たれました。宮野さんも帰られたので、今夜、ここにいようと思ってるのよ」

「私もいていいですか……」

ユキの目から涙が溢れ出た。

「明日は、飯田医師が来られてから、戸川さんと一緒に葬儀屋さんに行くの。ユキさん、私と交替しましょうか。少し眠りたい。この年になったら徹夜はきついのよ」

「はい。戸川さん、目が開いてますね。閉じてもいいですか?」

「だめですって。看護師の宮野さんもだめなんですって。触れることができるのは、飯田医師だけなんですって」

「そうなんですか……」

「寒いので、さっき電気毛布を持ってきたから、これにくるまって、朝まで戸川さんのこと、お願いしてもいいですか?」

「はい。戸川さんとは、もうこれで最後ですから、ずっと一緒にいたいです」

「ありがとう。書類も作らないといけないの」

「私、お別れするまで、ずっと一緒にいたいです」

「じゃあ、お願いね。線香はちょっとね。アロマの香りにしているの。灯りは豆球でもいいかしら」

「はい」

とも子は、静かに廊下に出ていった。


ユキは、もう一度戸川さんの顔を見た。目は見開いていたが、口元は閉ざされていて、微笑んでいるようにも見えた。しばらく見とれていたが、電気毛布の暖かさの中で眠くなり、うとうとと眠ってしまった。

ハッと気付き、目が覚めたユキの目に白々と空が映り、朝を迎えていた。陽は昇らず、辺りは静かだった。

「ごめんね。戸川さん。眠ってしまった」

戸川さんの目は角膜が剥がれ、セロハンのように見え、瞳はガラスのように美しく光っていた。

「戸川さん、瞳がきれいですよ。お母さんにお会いできましたか」

またユキの目から涙が溢れ出た。窓の外を見た。さっきまで無風だったのに、椿の枝がゆれ、水仙の花も葉もゆれた。

「あっ戸川さん。戸川さんは、透明人間になれたのですか？」

もう、椿の枝も水仙の花も葉もゆれていなかった。

しばらく、外の景色に見とれていたユキの後ろで絶叫に近い叫び声が聞こえた。そこにいたのはなみ子だった。

「戸川さん、本当に死んでしまったの？」

「なみ子ちゃん」

「ああ、嫌だ嫌だ」

「なみ子ちゃん」

「ユキさん、本当に本当に、行ってしまったの。そんなこと……。行ってしまったのね。わあん、わあん、嫌だ嫌だ。わあん、わあん」

なみ子は、床に座ったままずっと泣き続けた。ユキも、しばらく泣き続けた。

「リビングまで聞こえますよ」

いつの間にかとも子が戻ってきていた。

「とも子先生……」

「さぁ、お別れしましょう」

「嫌だ嫌だ、ここにいさせて……」

「なみ子ちゃん、葬儀屋さんがお迎えに来てくれますよ」

「一緒に行ってもいいでしょ？」

「お葬式だから、行けません」

「大好きな人は、皆、遠くへ行っちゃうのね。ああ、嫌だ嫌だ」

「葬儀会社の人が来られました。なみ子、さぁ行きましょ」

「ああ、嫌だ嫌だ、わぁん」

「佐藤さん、ここでお別れしましょう。なみ子ちゃん、ここでね」

「はい。戸川さん。大好きな戸川さん」

「御愁傷様です」

葬儀会社の人達が来て、手際よく戸川さんをストレッチャーに乗せ、黒塗りの車に乗せた。とも子と主任の川田が、軽自動車に乗って出ていった。使用した電気毛布等をユキが片付けていると、

「戸川さんだ。戸川さん」

なみ子が叫んだ。急いで窓を開けると、梅の花びらが、ひらひら入ってきた。

その花びらを拾い集めてなみ子は言った。

「戸川さんだ。戸川さんだ」

「そうだね。戸川さんが来てくれたね」

「私、押し花にする。大切にするわ」

なみ子は、その梅の花びらを一枚、そっとハンカチに包み、大切そうに持っていった。


戸川さんがいた部屋に、緊急避難ということで、池永さんが入居してきた。

詳細は分からないが、病が悪化しているということだった。時々腹痛を訴えていた。

池永さんが入居してから二日目に、室内清掃でユキは石沢と二人一組になった。

薄い紫色のカーテンに替えられ、介護用ベッドもカーテンより薄い紫色だった。ベッドカバーも布団カバーも枕カバーも、三組とも同じ紫色だった。部屋は、アロマの甘い匂いに包まれていた。

ユキは、石沢と一緒に手際よく掃除ができた。ゆっくり眠れるようにベッドの角度を変えた。急用時にキッチンに届くよう、ベッドの脇にベルを置いた。

「ユキさん、あとは洗濯ね」

「はい」

石沢は、手袋を外しながら室外に出た。ユキは、戸川さんを追っていた。水色の絵が張られた壁は、白く塗られていて、陽差しを反射していた。

『やっぱり、もういらっしゃらないんだ。優しく美しいお顔は、もう見られないんだ』

と、思うと涙が溢れてきた。涙を拭いていると、とも子が、池永さんの車椅子を押しながら入ってきた。

「どうしたの」

ユキは、慌ててベッドの上にあった洗濯物を掴んだ。とも子は池永さんをベッドに移乗し、おむつ交換をした。手袋をしていた。終わって室外に出ると、アドバイスをくれた。

「ユキさんも気を付けてね。池永さんは来たばかりで、詳しいことは分からないけど、癌を患っているの。他にどんな病気があるか分からないのよ。だから、手袋はしてね。消毒も丁寧にね」

「はい」

ユキは緊張した。いままで、このようなことでは緊張しなかったが、こんなこともあるのかと思った。

いつものようにスーパーに買い物に出たユキに、声を掛ける男の人がいた。

「すみません。ちょっといいですか?」

「は?」

「ずっと前、散歩中に事故に遭われた方ですね」

「はい。……あっ」

「その時、僕は、自転車に乗っていました」

「あっ、ああ……」

「貴田治といいます」

「……ユキ、西野ユキです」

「いつも十時頃、皆さんで、散歩している姿を自宅の窓から見ていました。リモートで仕事をしていますから、その時間は空いていたのです。あの時は驚きました。すぐ自転車に飛び乗りました。間に合ってよかったです。その時、あなたの顔を見ました。青ざめていましたが、銅像のように美しかった。それからずっと会ってみたかった。だけど、あれから、あなたは散歩しなくなった」

「あの時の利用者さんは、その時は大丈夫だったのですが、その後、具合が悪くなって、亡くなってしまいました。辛かったのです。ずっと後悔していました。私がぼんやりしていたから……」

「あれは、防げませんでしたよ。あの車も運転者も、この村の人ではありません。この村は長い間、眠っているように、静かで穏やかです。この僕もまだ眠り続けているようです。僕は軽度の発達障害者です。社会に出て、会社に勤めていますが、人が怖いのです。でもあなたには会いたい気持ちが募っています。どうか、逃げないで下さい」

「私も、人が怖いのです。でもここに来て、私は、人間になれたように思えます。ここにいる人達は、いろいろな苦しみを乗り越えてきています。グループホームで若いといえるのは私だけですが、皆さん親切にして下さいます」

「よかったですね。ここは人が多いので、今度、他の場所で会っていただけないでしょうか」

「はい。あの時のお礼をしたいと、思っていました」

「携帯の番号を教えて下さい」

「私、携帯持っていません。この次の金曜日がお休みです」

「それでは金曜日、十時頃、あの向こうにあるスーパーの駐車場で、白い車で待っています」

「はい」

「では、楽しみにしています」

貴田は、自転車に乗り去っていった。初めて男性と話ができて、会う約束までできて、不安と希望とで混乱していた。周囲を見たが、誰もユキのことを気にかけていなかった。


仕事が終わって、ユキはとも子の部屋に行った。

「どうぞ、お入りなさい」

「あのう、この前の事故の時、助けていただいた方に、今日、お会いしました」

「あら、お礼しないとね」

「はい。あの時は、気が動転していて、忘れていました」

「そう」

「貴田さんという男の方です。今度の金曜日、お礼をしようと思っています」

「あさってね。何時に？」

「十時に、スーパーの駐車場で」

「お礼は決まったの？」

「いいえ」

「じゃあ、お弁当にしたら？」

「でも作れません」

「私の台所で調理しましょう。お手伝いするからね。あなたも、戸川さんも助けていただいたんですもの。買った物ではお礼にならないかも知れないわ」

「はい」

「大丈夫よ。バイタルチェックが終わったらすぐにね」

「はい」

ユキは、心がウキウキしてきた。待ち遠しい日があるなんて、思ったこともなかった。

当日、金曜日、朝の仕事を済ませてとも子の部屋に行くと、厚焼き卵、ウインナーとブロッコリーの炒め物、鶏の唐揚げが皿の上に載せられていた。

「おはようございます。すみません、遅くなりまして。おいしそうですね」

「ユキさんおはよう。おいしそうではなくておいしいのよ。おにぎりは、一緒に作りましょう。小さめに作りましょう」

「はい。あのう。私、作ったことがないので、作れません」

「あらそう。じゃあ、私が作るのを見て真似してやってみて」

「はい」

とも子は、左手にラップを乗せて、その上にご飯を置き、中央をへこませて、塩焼きの鮭を乗せ、両手で三角に握った。

ユキも真似て作った。上手にできなかった。

「個性的でいいんじゃないの、私達の朝ご飯にしましょう」

「はい」

一つだけ、一番形がいいおにぎりを、プラスチックの容器に詰めた。ユキは、楽しくてウキウキしていた。

「ユキさんは、お嬢様だったのね」

「いいえ……」

「いいの、いいの、少しずつ覚えていけばいいの。おいしいわねぇ、端っこも同じ味だからね」

「はい。失敗のおにぎりもおいしい」

「冷めてもおいしいわよ。晴れてよかったわね」

「あのう……。初めてなので、どうしたらいいのか……」

「えっ？　思ったことを、そのまま話せばいいのよ。いいことを話そうなんて思わなくてもいいのよ」

「楽しい気持ちが消えて、不安になってきているのです。不愉快な気持ちにさせたら申し訳ないって思っています」

「誰でも通る道よ。楽しんでらっしゃい」

「私なんか、楽しんでいいのかしら……」

「生きている人は皆、楽しんでいいのよ。さあ笑って」

「はあ、もうドキドキしています」

「私だって、昔、そんな時があったのよ。そうそう、戸川さんの若い時の服と靴が似合いそうだと思って、出しておいたの。今風で、素敵なのよ。ユキさんに残すように、戸川さんに言われていたの」

「えっ」

とも子の私物が置いてある次の部屋に行くと、クリーニング店から届いたばかりのロングドレスがハンガーに掛けてあり、青く輝いていた。そして、胸には銀色の糸で星の模様が刺繍されていた。その下に茶色の靴が揃えてあった。

「美しいでしょう。今のあなたにとってもよく似合うと思うわ」

「素敵ですね。私なんかに着せていただくのは、恐れ多いです」

「そんなことないわ。このまま朽ち果てるのは、この服も気の毒よ。さあ着て見せてよ」

「でも……」

「私、お弁当をバッグに詰めるから、早く着てね」

とも子が弁当と水筒とハンカチ、ちり紙なども入れ、再び戻ってくると、着替えたユキが、姿見の鏡の前に立っていた。

「ああ、よく似合ってる。どこの街に行っても見劣りしないわ」

「目立ち過ぎないかしら……」

「今は、皆素敵な服を着ているから大丈夫よ。まだ寒いから、勿体ないけど上にコートを着ましょう。日中は脱いでね」

「はい」

「靴はゆるいかも知れないと思って爪先に、綿を詰めておいたわ」

「ちょうどいい。ありがとうございます」

「よかったわね、晴れて。行ってらっしゃい。ゆっくりしてくるのよ」

「はい。行ってまいります」

自転車に乗ったユキのコートの裾からはみ出たブルーのスカートが艶めかしくゆれていた。


スーパーの駐車場には、買い物客の車がたくさん止まっていたが、その端に少し大きな白い乗用車が止まっていた。中から焦げ茶色のスーツ姿の貴田が降りてきた。

「おはようございます」

「おはようございます」

笑顔の声につられて、ユキも笑顔で返せた。

「どうぞ乗って下さい。兄の車です。僕は必要ないので持ってないんです。安全運転で今日は務めさせていただきます。どうぞよろしくお願いします」

「こちらこそ、お願いします。立派な車ですね。こんな贅沢しても、いいんでしょうか」

「兄は裕福ですから、いいんですよ。今日は、どこに行きましょうか」

「どこでも……。私、この町、知らないんです」

「そうですか。海浜公園はどうでしょう」

「海が見られるんですね。素晴らしいわ」

すぐ近くの海浜公園は、寒さの中でも陽差しがあって、暖かさを感じられたのか、まばらに人々が散策していた。

車を降り、歩道に出ると、風がなく暖かかった。

「わぁ、海って広いんですね。空よりずっと暗いブルー、群青色、美しいんですね」

ユキは、自分の声に驚いた。貴田もそんなユキを見て驚いた。

「貴田さん、そう思いませんか」

「いつも見慣れているから、驚いている人が不思議なんですよ」

「そうですか。私は初めて見ましたから、感激です。本当に海なんですね。白い波も、船も動いているんですね……」

「僕は行き詰まると、ここに来るんです」

「いい所ですね。何もかも、悪いことは全て持っていっていただけるんでしょうか」

「そう、それに新しいアイデアも浮かんできたりするんです」

「いいですね」

二人は、公園の周りをゆっくり歩いた。空も海も青々として広く、針葉樹は緑の針のようにとがって、広葉樹の椿の花が、赤白まだらに咲き誇り、空気はピシピシしていた。

「お昼にしましょうか。どこかレストランに行きましょう。何か食べたい物がありますか」

「あのう、お弁当、持ってきました。ホームの理事長で、とも子先生と一緒に……。いえほとんど、とも子先生がお作りになりましたけれども」

「朝から、忙しくさせてしまいましたね。それにあなたは正直なのですね」

「この前、助けていただいたお礼です」

公園の中には、食事ができるテーブルやベンチがあり、トイレもあって、手を洗ったりテーブルやベンチを拭いたりできる水もあった。

ユキは、テーブルの上に二人分のお弁当を置き、お茶のポットを置いた。お弁当の蓋を

開けると、

「美しいですね。芸術ですよ。食べるのが、勿体ないですよ」

貴田は驚いて言った。

「とも子先生が作ってくれたのです」

「どなたが作られても、美しい物は、美しいですよ、ね」

「ありがとうございます。伝えときます」

「おいしい。ちょっといいですか。この個性的なおにぎりは、ユキさんが作られたのでしょう」

「はい、分かりますか」

「はい。失礼しました」

二人は、大笑いをした。卵焼きも、エビの天ぷらも、前日に煮た鶏とレンコンの煮物もおいしかった。ニンジンとブロッコリーのホイル焼き、ミニビーフステーキも彩っていた。

少し多めの量だったが、楽しいおしゃべりで食が進み、全て食べ切った。

「おいしかった」

「お礼になりましたか?」

「それ以上ですよ。僕も僕の母親も、こんなにおいしくできません。利用者さんは幸せですね」

「食べることが一番の楽しみですから、お料理する時も真剣です。毎日、命の重さ、尊さを自覚しています」

「仕事はそれぞれ尊いし、命が関係する医療や介護は、立派な職業になりますね」

「ありがとうございます」

介護は、キツイ・キタナイ・キケンと言われている職業だと思われていたから、ユキは貴田の言葉が嬉しかった。そして感動していた。

貴田は、自分が次男であること、小・中・高・大学と友達が少なく孤独であったことなどを話したが、ユキは両親が亡くなったことだけを話した。とも子にも話せなかったことを貴田に聞いて貰えたことが嬉しく感じた。

「寒くなりましたね」

「はい。そろそろ帰りましょうか」

「楽しかったです。ありがとうございました」

「こちらこそありがとうございました。私、男の人とお話をしたのは初めてですが、大丈夫でしたでしょうか」

「別に、変には思いませんでしたよ」

「とっても楽しかったわ」

ユキは、自然でいられたのも嬉しかった。ずっとウキウキと弾んでいた。

朝待ち合わせたスーパーの駐車場に戻ってきた。貴田を見送ってから、自転車に乗ろうとした時、ユキは二人の女の人とすれ違った。

「トイレの臭いが染みついているのに、ヒラヒラドレスなんか、似合うと思ってるのかしらね」

という声が聞こえてきた。ユキは驚いて立ち止まった。両手や顔が冷たくなってくるのを感じた。早くこの場を去りたいと、夢中で自転車のペダルをこいだ。

ホームに着くと裏口から自分の部屋に入って、しばらく動けなくなり、座り込んでしまった。

「ユキさん、いるの？」

とも子が入室した。

「どうしたの？　何かあったの？」

「とも子先生、私、トイレの臭いが染みついているのですか？」

「え、何を言ってるの？　この仕事のスタートラインに立っただけのあなたに臭うはずないでしょう」

「そうですか……」

「貴田さんがそう言ったの？」

「いいえ、帰る時、スーパーの駐車場で、女の人が……」

「そう。私だったら嬉しいわ。この仕事、長いのに、私に染みついているって言ってくれる人いないのよ」

「………」

「それなのに、あなたに染みついているなんてありえないわ。何しょげているのよ」

「そうですね。お仕事は、私の生命線です。それを恥ずかしいなんて……」

「そうよね。さぁ着替えて、夕食を食べましょう。楽しかったんでしょう？」

「ええ、初めてでしたから、ドキドキワクワクしてました」

「よかったわね。次はいつ？」

「約束はしてません」

「そう」

「今日は、海浜公園に行ってきました」

「寒くなかった？」

「陽差しは暖かくて、風は帰る時、少し冷たく感じました」

「お天気もよかったのね。立って着替えましょう」

「はい。あっ、立てた」

二人は思わず吹き出した。ユキの顔色が戻ったのを見て、とも子は室外に出た。

ユキは普段着に着替えると、姿見の鏡に映った顔を見た。朝とは違って、かなり老けたように見えた。自分は今まで何もしてこなかったのか、皆とはかなり違った生き方をしてきたとも思った。

父母と自分とで長い長い時間を過ごしていた間、他の人とは関わり合わなかったのであった。その時は、何とも思わなかった。父も母も優しかったし、父か母が一緒にいてくれて、勉強をみてくれた。叱られることもなく、父も料理が上手であった。テレビを見たこともなく、情報は音楽や書籍だけであった。何年もそのような状態でも、ユキは何も不思議に思わなかった。父が事故で先に亡くなり、生命保険金が入って、それがあるから生活に困るようなことはなかった。

両親がいない時は、掃除洗濯はユキがやっていたので、ここでの仕事は困らなかった。介護に関する仕事は、資格がなくても、とも子がケアマネジャーの資格をもっているから、ユキも介護に関する仕事をすることができるので、グループホームの経営は成り立っていた。

ユキは、とも子に仕事を教えて貰い、かなり慣れてきた。認知症の高齢者は、優しい。しかし、病状のせいで同じことを何度も繰り返す。それに応じて生じるトラブルを最小限になるようにしてきた。どんなことにもにこやかに対応できるユキは、皆に好かれた。だが、空気を読むことができなかったため、トラブルになったこともあった。

「ユキさん、夕食の用意ができたわ。食べましょう」

夜勤で出勤してきた佐藤が声をかけた。

「は〜〜い、すぐ行きます」

濡れタオルで顔を拭き、リビングに行くと、利用者は各々自室に戻り、とも子と佐藤がテーブルの前に座っていた。

「お疲れ様です。お食事ありがとうございます」

「今日はパスタよ。野菜多めのシーフードパスタ。栄養たっぷりよ」

「おいしそう」

「おいしいわよ。おばあちゃん達にも残さないで食べていただいたわ」

「いい匂い。急にお腹が減りました。いただきまぁす」

「どうぞ」

「池永さん、今日、微熱が出てました」

「十時の見回りの時、お熱を計ります」

「はい。小滝さん、おむつ交換の時、褥瘡《じょくそう》の手当てもお願いします」

「よくなってきましたね。分かりました」

「そうなの。よかったね。その他は、見回りの時、注意して下さい」

洗い物を終えて、自室に戻ったのは九時過ぎであった。電気ストーブを点けると、片付け始めた。靴は磨いて、服は明日、クリーニングに出そうと思った。どうにもならない気持ちは胸の奥に押し込めた。時々もがき上がってきたが全力で押し込んだ。

そういえば、小学生ぐらいの時、自分もランドセルを買って貰って学校に行きたいと思っていた。しかしいつまで待っても買って貰えなかった。新しい教科書に変わっても、窓の外の子供達が登校する列に加わることはなかった。病気になっても、父母が与えてくれる薬で治癒した。

今日の出来事は舞い上がり過ぎた自分が落ち着くように、父母が罰を与えてくれたのだと思った。だんだん気持ちが楽になった。布団を敷いて寝ようとしていたら、廊下から佐藤の声が聞こえた。

「池永さんが低体温なので病院にお連れするね。とも子先生と一緒に行くから、留守を頼むね、お願い」

「はい、分かりました」

車椅子に乗ったまま、池永さんは目を閉じていた。もう十時を過ぎていた。

佐藤の代わりに見回りに行く時、ユキは湿布用のタオルと水分補給のためのジュースを用意した。

田中さんは、十時と四時にポータブルトイレに案内することになっていた。

「田中さん、トイレの時間です」

「ありがとう」

田中さんは、はんてんを羽織ってポータブルトイレに座ったが、用を足すことができなかった。

「出ないわねぇ」

「もう少し待ってみましょう」

トイレの方から声が聞こえた。

「誰か来て！」

「ちょっと行っていいですか」

「いいですよ。どうぞ」

「すみません」

ユキがトイレに行くと、森さんがびしょびしょのズボンを持って立っていた。

「森さん、ちょっと待って下さい」

リネン室で、リハビリパンツ、ズボン下、ズボン、靴下、蒸しタオルを持ってトイレに戻った。

「森さん、廊下に出て下さい」

「遅いじゃないのよ」

「すみません。さぁ脱いで下さい。着替えましょう」

蒸しタオルで下半身を拭き、リハビリパンツ、ズボン下、ズボン、靴下をはき、滑り止めの靴下カバーをはいて、森さんはようやく落ち着いた。

「ありがとう」

「よかったね。もう出ない？」

「出ない」

「そう。お部屋に行けますか」

「はい」

トイレの掃除を済ませ、田中さんの部屋に戻った。田中さんは、ポータブルトイレに座ったまま、ジュースを飲んでいた。

「あらあら」

「おいしい。ありがとね。お尻が、スウスウするよ」

「あら、風邪ひいちゃう」

リハビリパンツは濡れていなかった。ポータブルトイレの中には薄黄色の尿が溜まっていた。

ポータブルのトイレの尿を捨てて、消毒をして、次に小滝さんのおむつ交換に向かった。

「小滝さん」

「はい」

「おむつ交換ですよ」

「ありがとうございます」

「エアコンのスイッチを入れたから、用意をしてから取り替えますね」

「寒くないから、エアコンはいいです」

「寒いから、遠慮しないで下さい」

「出ているのが分からないんですけど、臭っているから、出ているんですね。迷惑かけてすみません」

「温かいタオル、持ってきてるから、すぐきれいになりますよ」

ユキは大便用の温かいタオルでお尻を拭いた。先月より小さくなったお尻に、赤い褥瘡ができていた。薬を塗って向きを変えた。足元に電気あんかを置き、部屋のエアコンを切った。

「もう少し眠って下さいね」

「眠れないのでラジオを点けて下さい」

「はい。スイッチを入れます。チャンネルはどこにしましょうか」

「どこでもいいです。淋しいので、声が聞きたいのです」

「そうですか。音量は、少し小さくしておきます」

「はい。ありがとうございます。おやすみなさい」

「おやすみなさい」

ユキは、もう一度トイレに行き掃除をした。夜は、トイレの横モレのための三回ほどの掃除をすることになっていた。

時計は十二時を回っていた。キッチンでお茶の用意をした。その後、記録を記していたら、とも子達が帰ってきた。

「お疲れ様でした。ありがとね」

「いいえ、いいえ、池永さんは？」

「入院されることになりました。先生が、危ないところだったとおっしゃってたわ」

「そうですか。お茶を飲んで下さい」

「ありがとう。喉がカラカラ」

「おいしい。ユキさん、明日が早いから休んでね。私も、もう休ませて貰うわ。明日、打ち合わせしましょうね」

「はい。お願いします」

「記録しておきましたから」

「ありがとね。おやすみなさい」

ユキは、自室に戻るとそのまま寝床にもぐり込んだ。そして、すぐ眠りについた。

翌朝五時過ぎに起きたユキは、リビングに行くと、とも子と佐藤はもう打ち合わせをしていた。

「もう少し寝ていなさいよ」

「朝食の準備の手伝いをします」

「若いっていいわねぇ。ボチボチだわよ、こっちは」

「そうね。頼んじゃうわ」

「はい」

ユキは、塩鮭を焼き、納豆に入れるネギを刻み、卵焼きを作り、昨日のうちに作り置きをしておいた煮物を並べ、味噌汁を作った。八人の利用者と、とも子、佐藤、ユキの計十一人分のおかずを皿に盛り、その頃には炊飯器の白米も炊き上がり、朝食の用意ができた。

ユキは、起きてこられない人を迎えに出た。

いつも遅い下野さんは、下着を脱いで、寝具の上に大便をしていた。

「あら大変、下野さん、風邪ひきますよ」

「誰かが入ってこんなにして、臭くっていられない」

「シャワー室に行きましょう」

バスタオルを巻いて、シャワー室に入るとすぐエアコンのスイッチを入れた。

下野さんは、シャワーを浴びてから、上下ひとまとめにしてあるバッグから替えの衣類を取り出し、着替えをしてリビングに行った。

車椅子の小滝さんは、おむつ交換をしてから、リビングに向かった。もう食べ始めている利用者もいた。

「畑中さんがまだいらっしゃってないわ」

「はい。見に行きます」

畑中さんはまだ眠っていた。

「畑中さん、朝ですよ」

「はい」

畑中さんは、すぐ起きて、裸足のまま廊下に出た。

「畑中さん、靴下をはいて下さい」

「ありがとう」

食べ終わった人もいた。

「ユキさん、木内さんの口腔ケアをしてね」

「はい」

木内さんに続いて次々に利用者の口腔ケアをし、終わったのが八時過ぎだった。利用者は各々、テレビを見たり、絵を描いたり、塗り絵等、楽しんでいた。

その後、とも子、佐藤、ユキの朝食が始まった。

「ユキさん、お昼頃、池永さんの様子を見に行って下さいね」

とも子の指示に、佐藤が答えた。

「あら、私、九時で終わってから行ってみますよ」

「夜勤明けは厳しいわよ」

と、とも子が心配顔で言った。

「心配しているよりは、様子を見に行った方がいいわ」

佐藤が笑顔で言うと、恐る恐るユキが尋ねた。

「私も行っていいですか」

「そうね。二人で行って貰った方がいいわ」

ユキは食器を洗って、洗濯を九時までに終わらせた。佐藤と一緒に病院に行くと、池永さんの息子さんがいた。

「いろいろありがとうございました。癌が進行しているようで、入院が長びくようです。そちらは退所ということでお願いします」

「はい。すぐ手続きをします」

「短い間でしたが、お世話になりました。母はいい所に行けてよかったと申しております」

「ありがとうございます。では早速準備を致します」

病院を出ると、ユキは佐藤と別れ、すぐホームに戻った。

「とも子先生、池永さんは癌が進行して、ずっと入院するそうです。それで退所しますと、息子さんがおっしゃっていました」

「分かりました。それでは書類を作りましょう。お荷物も片付けて、運びやすいようにしておきましょう。ユキさんは、通常の仕事をして下さい」

「はい。今日は、力持ちの福山さんが日勤ですから、全部できると思います」

「そうね。布団は重いですよね」

男性ヘルパーの福山と、日勤の石沢が池永さんの荷物を片付け始めた。もう一人の日勤の杉田とユキは、通常の業務を始めた。

杉田は、バイタルチェックなど利用者に関わる仕事をし、とも子は昼食と三時のおやつの準備に取りかかった。ユキは両方の補助をした。

午後になると池永さんの息子さんが来られた。会議室に案内して、とも子と川田が話し合った。

ユキがお茶の用意をして室内に入ると、用紙の交換をし終わっていた。

「緊急避難ということで短い間で、ご迷惑をおかけしてすみませんでした。大変よくしていただき、ありがとうございました。母は、もう病院で治療を受けても、退院してこちらに帰れる見込みがなくなりました。それで、布団やカーテン、服などは必要がないので、こちらで処分していただきたいのです。伝染する病気ではないから安全です。利用していただければ母も喜ぶと思います」

「ありがとうございます。そうさせていただきます。あ、お茶をどうぞ」

「いただきます。こちらは、朝、お見舞いに来ていただいた方ですね」

「西野と申します」

「ありがとうございました」

「いいえ、心配でしたので……」

「母に伝えたら喜んでいました」

「そうですか。よかった」

「それではこれで……」

「お母様には、よろしくお伝え下さい」

「はい。お世話になりました」

息子さんの後ろ姿は淋しそうだった。

「池永さんのお荷物は、外の物置に入れておきましょう」

うす紫色のカーテンも外され、五号室はガランとし、冷風がよどんでいた。

それから二週間後、五号室に男性の湯川次郎さんが入室した。要介護2ということだったが、認知症は重くなかった。

部屋の片付けをしていたユキは、尻をなでられた。知らない振りをして、振り返ったら胸を触られた。そのまま部屋を出た。湯川さんの手触りが部屋を出た後も残っていた。ここに来る前は、触られただけでなく、上半身を殴られ下半身を蹴られていたのだ。その感触が再び蘇った。廊下に立ちすくむユキを見たとも子が声をかけた。

「ユキさん、何かあった?」

「…………」

「ユキさん」

「…………」

「ねぇ、ユキさん」

「ああ……。すみません、とも子先生」

「どうしたの?」

「あの……」

「湯川さんね。あの人、触り魔なんだって」

「…………」

「私は年寄りだから触られてないけど、石沢さんが触られたって怒ってたわよ」

「…………」

「ユキさんも触られたのね」

「はい」

「今後は湯川さんに近付かないでいいわよ」

「でも、お仕事ですから……」

「仕事は他にもあるでしょ。湯川さんのせいでもないのよ。認知症は、色気と、食い気に関する病気でもあるんだから」

「そうですか」

「少しずつ、色気の方をセーブしていただきましょう。それまでは若い人は近付かない方がいいでしょう。男性と私が担当になりますよ」

「それじゃあ……」

「いいの、いいの。さあ、夕ご飯よ。一日は早いわね。もうひと頑張りしましょ」

「はい」

「その調子よ」

ユキは気分を取り直して、とも子と夕ご飯の準備をした。

「さあ、小滝さんをお連れして」

「はい」

エプロンを代えて、ユキは小滝さんの部屋に行った。

「小滝さん、夕ご飯ですよ」

「あらもう……」

「一日は過ぎるのが早いですね」

「今日のご飯は何かしら」

「魚の煮付け、コロッケ、マーボー豆腐、野菜サラダ、コーンスープよ」

「好きなものね。嬉しいわ」

「バナナとリンゴも付いているのよ。あら、褥瘡、乾いてますすね」

「ええ、痛みがないです」

「よかったですね」

小滝さんはにっこり笑った。

「小滝さんは可愛いおばあちゃんよ」

ユキも笑った。

廊下に出ると口腔ケアをしている利用者がいた。口腔ケアが終わった利用者にリハビリパンツを渡していた石沢は、

「今日も、いい夢がみられますように」

「いい夢かどうか、朝になったら忘れているからね」

「それでも、その時はいいですよね」

「うなされるよりは、いいかもね」

などと話していた。リビングに行くと、もう半数が食べ終わっていた。

「静かに夕食が食べられるわね」

「小滝さん、よかったじゃないの」

「そうね。食べたのに食べてないって言う人も行ってしまったわね」

「俺のが少ないよ。もっと出せよ」

湯川さんが空の皿を振り回していた。

「はい。どうぞ」

とも子が他の皿にコロッケを盛り出した。

「ありがとう」

「はい、どうぞ」

「きゃあ!」

佐藤がその皿をとも子から受け取り、湯川さんに差し出す時、湯川さんが佐藤の尻をなでた。すかさず、とも子が湯川さんをたしなめた。

「湯川さん、この手をしまわないと、コロッケあげませんよ」

「分かったよ。これくらいいいじゃないか。減るもんじゃない。いてやってんじゃないか」

「嫌がってるでしょう。もうしないで下さい」

「何だよ。命令すんのか」

「お願いしています」

「そうか。早く食いたいんだ」

「はい。どうぞ」

湯川さんは、おいしそうに食べ始めた。向かいに座っていた小滝さんは、

「私の分のコロッケもどうぞ」

と、差し出した。

「ばあさんの食ってもいいのか」

「いつも多いから、いいんですよ。私も残すの悪いから、助かるの」

「そうかい、済まないね」

「どういたしまして。だから触らないでね」

「別に」

湯川さんは急に静かになって、福山と口腔ケアに出ていった。


次の日、朝食後、木内さんが、湯川さんに話しかけた。

「あんた湯川さんて言うのぉ、いい男だね」

「俺と夫婦になるかい」

「なってもいいけど、皆に悪いよ」

「そうよ。そうよ」

田中さんと下野さんが相槌を打った。

湯川さんは、皆にきゃあきゃあ言われて嬉しそうだったが、ひととおり話すと皆の興味はなくなり、いなくなると一人ぼっちになってしまった。

福山が将棋を指そうと誘った。湯川さんはかなり強く、福山はずっと負け続けていた。

「弱いな。もっと強いのいないのか」

「明日、日勤で来るよ。強いからな」

「もう一番行こうか」

「今度は負けないよ」

二人は陽に当たりながら、真剣に指していた。他の利用者も珍しそうに見ていた。今度は福山が勝った。

「真剣にやれば、こんなもんです」

福山は鼻高々だった。

「さぁ、庭で日光浴しましょう。湯川さんも福山さんも庭に出て下さい」

庭にはベンチがあり、十時や三時のおやつ時には陽に当たりながら、おやつを食べることになっていた。

この時間帯にユキは、スーパーに買い物に行くことにしていた。あれから貴田に会えるかも知れないと周りを気にしていたが、あれ以来会えなかった。

四月になり、なみ子は中学生になっていた。バレーボール部に入部して、ホームには来なくなっていた。庭の桜も満開になって、コートも脱ぎ、身軽になり、散歩も楽になった。

ある日曜日、なみ子が籠一杯のいちごを持ってホームを訪れた。

「部活のみんなといちご農園に手伝いに行って、いただいたのよ」

「こんなにたくさん嬉しいわ」

「不揃いだから売り物にならないんだって。たくさんあって、みんなで分けてもこんなにあるのよ」

「ありがたいわ。揃ってなくたって、味は同じだから、おいしい物はおいしいのよ」

「久しぶりにケーキを作ろうかしら」

「お手伝いしましょうか、とも子先生」

「そうね。散歩に行ってからにしましょう」

「久しぶりね。準備してきて。ここで待ってるから」

「このまま出られるよ」

「あら、新しい方ですか？」

「湯川次郎さんです」

「佐藤なみ子です。おっととと」

なみ子は湯川さんの手を払いのけた。

「もう少しだったのに。素早いね。姉ちゃん」

「そんじょそこらのなみ子じゃないのよ。触りたいの？　湯川さん」

「触ってみたいねぇ」

「じゃあ、散歩から帰ってからね」

「ええっ、なみ子ちゃん、触らせるの？」

「座布団二枚ならいいでしょう」

「頭いいね。なみ子ちゃん」

「まあね」

散歩は、福山が先頭でなみ子が真ん中、ユキが後ろで行列になった。梅は小さな小さな実になり、少し過ぎた所に桜並木があった。そこは、梅の花より大きな桜の花が、花びらや花蕊《はなしべ》を道いっぱいに敷き詰めていた。

「上も下もピンク、青い空の向こうに大きな富士山、素敵ね。やっぱり春はいいわねぇ」

ユキは歌うように叫んだ。その後はいつものように利用者の楽しいおしゃべりが続いた。

自転車が通るたびに振り返ったが、貴田に会うことはできなかった。

軽自動車が通り過ぎて止まった。近所の水谷さんだった。

「ジャガイモとニンジンあげるよ。好きなだけ持っていきな」

「ありがとうございます。助かります」

「ありがとうございます」

利用者に次々お礼を言われて、水谷さんも嬉しそうだった。

「いいんだよ。いっぱいあるから」

「おいしい野菜は寿命が長くなります」

「そうだね。元気で働けるよ」

皆は、にこにこ笑顔でホームに戻った。

ホームでは、とも子がショートケーキの材料を調えて、散歩の人達の帰りを待っていた。生クリームの泡立ては木内さん、ケーキの生地作りは畑中さん、いちごのトッピングは金井さんが受け持って、なみ子は総監督だった。

　水谷さんからいただいたジャガイモとニンジンは、とも子がお昼のコロッケに使用した。できあがったショートケーキは冷蔵庫で冷やし、久しぶりになみ子も三時のおやつのショートケーキを食べて、ゆっくりしていた。

「ユキさん、夕食は魚の煮付けにしたいので、買ってきて下さい」

「鱈でいいですか」

「今が旬だから、おいしいわね。それと、おやつのみかん。そうねぇ、キャベツもね」

「はい」

「なみ子も、もう帰ります。ご馳走様でした」

「また来てね。ずいぶん、大人になったわね」

「そうですか。ありがとうございました」

「嬉しいのよ。孫ですもの」

「そんな、二番目のお母さん」

「ありがとう。うふ。気を付けて」

「はい。皆さんもまたね」

「さようなら」

利用者に見送られて、なみ子とユキは、夕食の材料を買いにスーパーに向かった。

「ねぇ、ユキさん。私ねぇ、今、男子バレー部員に好きな人がいたの」

「えっ、もう？」

「先輩で、いろいろ教えてくれるの」

「そう」

「でもね。その先輩に彼女さんがいるのよ。二人は付き合っているの。結構毎日、一緒に帰るのよ。神社の所でさよならしているのを何度も見たわ」

「そう」

「そうよ。いけないことだけど、気になって先輩の後ろから付いていったら、先輩、スーパーでアルバイトしてたのよ。中学生だから、後ろで、野菜の整理をしていたの」

「立派ね」

「だから邪魔しないようにしたのよ。もう好きな人じゃない。大切な先輩なの」

「そう」

「なみ子は、毎日働いてくれるお母さんに夕食を作ってるの。今日は、私も鱈を買って湯豆腐にしようかな」

「温まるね」

なみ子と別れてユキは、『私にも中学生時代があったら、なみ子ちゃんのようになっていたのかしら』と思った。


数ヶ月前、母が亡くなってから、母の友達の長田という女性と暮らすようになったユキのもとに、西野久という男が訪ねてきた。父の事故死を新聞記事で見たということだった。西野久は長田から父母の保険金を取り上げた。当座は、暴力もなく平和な暮らしが続いたが、ギャンブルと酒で保険金を使い果たすと、ユキや長田に暴力を振るった。

あの時、長田は、ユキに千円札を握らせ、自分が盾になり逃してくれた。かつての母も、暴力に耐え切れなくて、西野久から父と逃亡したのかも知れない。その時、今の自分が生まれた。そして自分は、無戸籍になってしまったのだ。

父も母も、一人残すユキには生きるための教育に必死だった。土曜日も日曜日もなく、毎日ユキとの勉強に時間を費やした。父も母も、自分の時間も持たず、ユキの勉強時間を優先した。

家にはテレビ等はなく、社会とは繋がりがなかった。その時は感じなかったが、今、分かってきた。

自転車を押しながら歩いているユキの後ろから、チリリンと自転車のベルが鳴った。

「ユキさん、今、すれ違ったのに、気付いてくれないんですね」

振り返ると貴田が笑っていた。

「あら、ごめんなさい」

「何か困ったことがあったのですか」

「いいえ、何もありません……」

「昨日まで、シンガポールに急な出張だったから連絡できなかったのです」

「そうですか」

「また海浜公園に行きましょう」

「はい」

「お弁当は、おにぎりだけでいいですよ」

「そんな……」

「おにぎり持って、海浜公園に行きましょう」

「あなたは、いつでも、どこでも行きたい所に行けるでしょう」

「いいえ、あなたと行きたいのです」

「ありがとうございます。でも……」

「お弁当はいいですよ。あなたのおにぎりを食べたいのです」

「もっと、料理も上手になりましたよ」

「そうですか、なおいいじゃないですか」

「………」

「金曜日が休みでしたね」

「今は月曜日が休みの日です」

「明日ですね」

「でも、急過ぎて……」

「お弁当もおにぎりもいらないから、明日行きましょう」

「はい」

「十時でいいですか」

「はい」

「では、この間の所でお願いします」

「はい」

貴田は、ニコニコと笑顔で、自転車に乗った。

ユキは嬉しさが、じわじわ込み上げてくるのを感じた。体が熱っぽく感じられ、足元も軽くなってきた。


ホームに戻るとハンバーグの匂いがしていた。そこに鱈の煮付けが加わる。

「お帰り、何かいいことがあったの？　顔がゆるんでるわよ」

とも子が笑顔で迎えた。

「えっ」

「うふふふ、図星ね」

「分かります？」

「ええ、でも何故だか分からないけど」

「さっき、貴田さんにお会いして、明日のお休みに、また、海浜公園に行くお約束をしました」

「よかったわね。ずっと沈んでいたから、気になっていたのよ」

「気を使っていただいて、ありがとうございます」

「お弁当、ハンバーグも入れましょう」

「おにぎりでいいって」

「それはダメよ。この前は、全部食べていただいたから、嫌いな物はなかったのね。じゃあそうだ。ミニステーキと卵焼きは必須ね。ふきのとうやタラの芽の天ぷらもいいわね。あら、私もウキウキしてきたわ」

二人で大笑いした。

次の日、五時に起きたユキは、大急ぎでとも子の部屋のキッチンに行った。

テーブルの上には、ハンバーグ、ミニステーキ、エビフライ、卵焼き、ふきのとうとタラの芽の天ぷら、さっと茹でたニンジンとブロッコリー、レタス巻きがのっていた。

「さあ、おにぎりは、あなたが作るのよ。たらこ、塩鮭、コンブを用意したから、自由に使ってね」

「はい。ありがとうございます。とも子先生、あまり眠られてないんでしょう?」

「いいの、いいの。楽しかったわ」

「すみません」

「バッグに詰めてね。私は利用者さんの朝食作りに行ってきます」

「ありがとうございます」

花柄の可愛いバッグに詰めて、熱い麦茶を入れた水筒も二つ入れた。

ユキはとも子のキッチンの後片付け、掃除を終えてリビングに行き、キッチンの洗い物を済ませた。

「あらもう八時過ぎよ。仕度はできた?」

「はい。ジーパンで行きます」

「二回目だから、その方がいいわね。外野に何を言われても平気な顔しててね。誇りを持ってね。私達は、立派な仕事をしているんだから」

「はい。私が馬鹿でした」

「そんなことないわ。この仕事は、社会的に周知されていないのかも」

「そうですか」

「遅刻しないでね」

「はい」

「何か私、お母さんみたい」

「そうなのかも。なみ子ちゃんも二番目のお母さんって言ってたわ」

「そう思ってくれて嬉しいのよ、私も。朝ご飯の用意もできてるから、一緒に食べましょう」

夜勤の川田も加わり、三人で朝食をとり、洗い物も済ませ、自転車に乗った。

スーパーの駐車場にいたたくさんの買い物客は、次々とスーパーの中に入っていった。人で溢れていたが、白い車はすぐ見つかった。

車の中にいた貴田は、外に出て車のドアを開けてくれた。

「ごめんなさい。遅刻でしょうか」

「まだ九時半過ぎです。僕が早く着いたのです。ここで待つのは楽しいですよ。あなたを見付けて、自転車を止めて降りるのも見えます」

「ええっ」

「ああ、来てくれたんだって思うことも」

「約束ですもの、来ますよ」

「そうですね」

二人は笑い合った。海浜公園に近付くと、間もなく海が見えてきた。

「今日の海も群青色ですね」

「そうです。冬の海は暗い色に見えますね」

「春なのに」

「春の海は少し明るく見えますね。そう僕には思えます。その中には無数の生き物がいます。皆、生きているんです」

「この前、覗いてみたら小さなお魚が泳いでいるのが見えました」

「今度、水族館に行ってみませんか」

「えっ」

「アクアラインで行けるんです」

「とも子先生に相談しないと……」

「相談して下さい」

「遠くには行けません」

「この海の向こうです。すぐですよ」

「じゃあ相談してみます」

「楽しいですよ」

「そうですか。楽しみですね」

「楽しみにしましょう。さぁ着きました」

「わぁ、風が冷たい」

「今日は、歩いている人が少ないですね」

「でも、せっかくですから歩いてみたいです」

「歩きましょう」

外は寒かった。風が顔をピシピシ刺した。

「まるで、冬に戻ってしまったようですね」

「車の中でお昼にしましょう」

「今日も、とも子先生が作ってくれました」

「芸術ですね」

「食べるのが、勿体ないくらいです」

「この味は懐かしい味です。とも子先生は、きっと自然にとけ合っている方ですね」

「ここは田舎だから田舎の物がいいわって、利用者さんの朝ご飯に庭に植えてあった芹《せり》と
その場に生えているはこべでお浸しや胡麻和えを作るんですよ」

「すごい、とも子先生は、お料理の先生のようですね」

「お年寄りと生活しているから、いろいろ研究されているんでしょう」

「そのような人に出会われてよかったですね」

「はい。たくさんのことを教えていただきました」

「今まで僕らは、かなり多くの人と関わり合って教え導かれてきたんですよ」

「そうですね。死を待つ人々の切なさも学びました」

「あなたは、そういう貴重な時間を持てたのですね」

「幸せなことです。生きていてよかったと思っています」

「大袈裟ですよ。ちゃんと生きているではありませんか」

「でも、実際死んでいたかも知れません」

「朝、行ってきますと言って出掛けても、事故に遭われてしまう人もいますからね」

「はい、悲しいです。ちょっと注意すれば防げる事故もたくさんあります」

「皆があなたのように考えて下さればいいのに」

「いいえ、私などは、ほんの少ししか考えられません。教えられるばかりです」

「そんなことはありませんよ。散歩の時など、利用者さんへの気配りなど、素晴らしいです」

「見て下さっていたのですね」

「疲れた時など、外を見ている時間が長くなります。田んぼの中の道を歩いているのは、かなり多くの確率であなた方です。いつも同じくらいの時間と人数で歩いていますね」

「そうです。今は暖かい時間ですね。午前と午後に」

「あの事故があって、見るようにしています。自転車も用意しています」

「まあ本当に」

「何かあってはいけませんから」

「ありがとうございます。あの事故のお礼も言わないですみませんでした」

「僕も恩着せがましく言っては、いけないんじゃないかって思っていました」

「そんな、私は、どこのどなた様か分かりませんでしたから、とも子先生も気にされていましたよ」

「声をかけてよかったですね。変質者と思われるんじゃないかと心配でした」

「いいえ、そんなことないですよ。とも子先生も、田舎ですから、春の七草の芹を食べていただきましょうって、お料理を作る時に裏の庭から摘んで来たんですよ」

「そうですか、春の七草、ご存じなんですか」

「ええ、言ってみましょうか」

「どうぞお願いします」

「せり、なずな、ごぎょう、はこべら、ほとけのざ、すずな、すずしろですよね」

「すごい、すごい」

「秋の七草も言えますよ。萩、尾花、桔梗、撫子、女郎花、朝顔、藤袴です」

「よく覚えてますね」

「父に教えて貰いました」

「お父様は、すごいですね」

「父は人間としての教養だと言ってました。何度も何度も繰り返して言いましたよ。今では、いい思い出です」

「亡くなられたんですよね」

「はい。事故で。母は寝込んでしまいました。母の友達の長田さんが、いろいろしてくれたので、母は、仕事をやめて療養しましたが、間もなく亡くなりました」

「悲しかったですね」

「はい。もうダメだと思いました。でも、長田さんがいてくれたので、何とか生活できました。」

「今、長田さんは、どちらにお住まいですか」

「分からないです」

「それは大変ですね」

「お互い連絡できていませんが、無事でいてくれるように願っています」

「そうですね。僕の母は、東京生まれ、東京育ちで、当時は、このような山菜には全く興味がなかったようでした。父は官僚で、そこそこの学力はあり、兄もそこそこの秀才で、いつも父と一緒に行動していました。母は体が弱かったので、田園暮らしを医師に勧められて、ここに来ました。今は体は少し丈夫になり、発達障害のある僕を気にかけてくれています」

「そうですか」

「父の母、祖母は山菜の料理は得意でしたが亡くなっています。母も当時は、祖母と一緒に料理をしていましたから、このふきのとうや芹やタラの芽は僕にも分かります」

「そうですね」

「僕は、英語を話すこと、書くことが少し得意です。ですから、父の紹介で入った会社では、この部門で生かされています。同僚は一流大学の出身ばかりで、二流大学出身の僕は、会社にとってちょっと、と思われていますが、海外に行っている時は、英語が話せるので重宝がられます」

「そうですか」

「この前のお弁当、大変おいしく感じました。祖母を懐かしく思い出したのです。今までずっと、優しくしてくれた祖母を思い出すことがなかった。本当に情けない気持ちがしました。だから、シンガポールでは夜になると、あなたやとも子先生のことを考えていました。食は、全ての源ですよね」

「ええ、命を与える物です」

「何だか、食いしん坊な話ですね」

「いいえ、食は文化だと思います。私は父母に教えられました。感謝しています」

「そうですね。シンガポールでは、毎日洋食でしたが、それはそれで、よかったと思っています。実はそこで、オパールのネックレスを三つ買いました。あなたと、とも子先生と母にです。これですが、身につけていただきたいと思っています。どうぞ」

「えっ、このような高価な物を身につけられません」

「高価ですが、僕が初めて買ったプレゼントです」

ちょっと重く感じたオパールに添えた手は、ユキの指に温かく感じた。

「いいえ、いけません。それにこのような高価な物は、私には勿体ない物です。私にはふさわしくありません」

「よくお似合いだと思います。母は大変喜んでくれました」

「とんでもない。何の取り得もない者に高価な物は、似合うはずがございません」

「ほら、ご覧なさい。あなたに、ぴったりですよ」

オパールは、ユキの手の平でピカピカ輝いていた。

「さぁ、箱に入れましょう。そして、あなたのバッグに入れましょう」

ユキは呆然と、貴田のなす仕草を見ていた。夢を見ているようだった。

「外はまだ、寒いですね。チューリップの花が花びらを蕾のように閉じて、身を守っているのですね。自然界は優れた守備を持っているようです。動物も、この前家の近くで野良猫が子供を産み、何度も居場所を変えていました。子供達を守っているのですよ。感心して見ていました」

「そうですか」

「この寒さの中でも逞しく生きているのでしょうね」

「生きて欲しいです」

二人は微笑みあった。外は三寒四温の寒の風が吹いてた。


ホームに戻るとユキは、とも子を探した。キッチンで夕食の準備をしていたとも子は、

「お帰りなさい。外は寒かったでしょう」

と、いつもの声をかけた。

「ええ。あのう、とも子先生。貴田さんが、とも子先生と私に、このような物をプレゼントしてくれました」

「なあに、あら、オパールのネックレス?」

「そう」

「だめよ。こんな高価な物、受け取れるはずないでしょう」

とも子は、エプロンで手を拭きながら、後ずさりした。

「どうしたらいいのかしら」

「そうね。お返しするのがいいのだけど」

「そうなんです。私も返そうとしたんですが、貴田さんは受け取る気がなくて……」

「貴田さんのお母様ならお似合いだと思うけど、私共にはねぇ」

「そう申し上げたのだけど、今から、お返しするのも失礼かもと……」

「そうねぇ、私、こんな高価な物は持ってないわ」

「私は、戸川さんにダイヤの指輪をいただいたから、二個目」

「あら、自慢してるの？」

「いえいえ、いただいていいのかもって思っちゃったの」

「そうねぇ、私からお返しするのも変だし、このまま預かっとこうかしら。また、お弁当作り頑張るわ」

「そうですか。じゃあ、私も預かっとこう」

「何だか、お金持ちになったみたいね」

「そうですね。裕福な人になってしまったようです」

「中身は変わらないのに……」

二人は大笑いをした。自室に戻ったユキは、戸川さんの指輪の隣にオパールのネックレスを置いた。こうして並べると、戸川さんの人生においても、幸せを感じる時を持てたのね、としみじみと思いやった。

洗い物の手伝いをしようと、キッチンに入ったとたん、湯川さんに尻をなでられた。

「ちょっと」

「柔らかくて気持ちいいよ」

「もう、仕事なんだから、あっちへ行って」

「全く、男性って、こうも違うのかしら」

とも子が笑っていた。


「ユキさん、ユキさん」

ある日、草むしりで裏庭にいたとも子が呼んだ。ユキが走っていくと、子猫を手の平に乗せたとも子が立っていた。

「親に見捨てられたのでしょうか?」

「可愛いわね」

「ここなら飼えますか」

「そうね。ホームでは、衛生的に無理だわね。私の部屋なら独立してるから、大丈夫よ」

「いいですね」

「このままでは、生きていけないわね。動物病院に連れていって相談しようか」

「私、自転車で連れていきましょうか」

「そうしてくれる? ちょっと待って。病院代、三万円で足りるかしら……」

「足りなかったら戻ってきます」

「じゃあお願いね」

「はい」

ユキは、大きめのバッグにバスタオルを敷いて、その中にとも子が子猫をそっと置いた。子猫は「みゅうみゅう」と震えながら、啼《な》いた。自転車の前の籠にバッグを置き、ユキはゆっくりペダルをこいだ。

自転車で十分ぐらいの所に動物病院があった。明るいパステル調の入りやすい動物病院だった。

「すみません」

「はい」

「野良猫なんですが、飼いたいので、診ていただけませんか」

「はい。お名前は？」

「私は、西野ユキと申します。この子は……、みゅうとしましょうか」

「はい。分かりました。検査しますので、そちらでお待ち下さい」

ユキはそのまま動物病院で三十分ほど待っていた。

「ノミがたくさんいましたので、シャンプーをしてノミ、ダニよけの薬を飲ませました。それからワクチンを打って、栄養の点滴をしました」

「ありがとうございました」

「お会計は二万三千五百円です」

「はい。ご飯は、何をあげたらいいですか」

「まだ母親のお乳を飲んでいる頃ですので、子猫用のキャットフードをお湯でふやかして、綿棒で少しずつあげて下さい。少しお分けしますが、点滴を受けていますので、当分は大丈夫です」

「はい。ありがとうございます」

「何かあったら来て下さい。診察券です」

「はい。お願いします」

みゅうは、ユキの顔を見て、みゅうみゅうと啼いた。いとおしい気持ちが湧き上がった。

父と母も、私をいとおしく感じてくれていたのだと、ユキは、いろいろな場面がフラッシュバックした。バッグの中から、みゅうの顔が見えた。

「みゅうちゃん、お家に帰ろうね」

来た道をまた、自転車で帰った。


ホームでは、お昼ご飯を食べて、利用者はそれぞれの楽しみ事を行っていた。

自転車から降りたユキを見付けて、木内さんが声をかけた。

「ユキさん、お帰りなさい。あら、何、それ！」

木内さんのスットンキョウな声に、皆、集まってきた。

「猫だ」

「猫よ」

「えっ、猫？」

皆、それぞれに声を発した。

「ユキさん、これ飼うの？」

「わぁ、抱かせて」

「私も」

「私もよ」

皆で取り合いになった。ひととおり回ったところでとも子が言った。

「さぁ、ご飯をあげましょう。どうしたらいいの？」

「キャットフードをお湯でふやかして、綿棒であげるのがいいらしいです。ただ、さっき点滴を打ったので、しばらくは大丈夫だそうです」

「じゃあ、少し様子を見ましょう。裏の私の部屋に連れていきますね」

「落ち着いたら、また見せてね」と、木内さんが名残惜しそうに言った。

「ええ、また連れてくるわ。ユキさんも一緒に来てね」

「はい」

とも子の部屋の畳の上をよちよち歩くみゅうは大変可愛く、みゅうみゅう啼く声はよく響いた。

と、その時、窓から少し大きな物体が入ってきた。それは、とも子とユキの間を通って、みゅうの首の付け根を噛むと、また、窓の所に上がった。ほんの一瞬の出来事だった。

そして、二人を見つめると、外に飛び降りた。

「あら、もしかして、みゅうのお母さんかしらね」

二人は急いで窓の外を見た。一匹の猫が子猫を咥えて畑を横切って視界から見えなくなった。

「みゅうは、お母さんの所に帰ったのね」

「そうですね。やっぱり、その方が、いいのですね」

「でも、いい経験をしたわね、私達は。みゅうの温かさが、まだ残ってる」

「ホント、可愛かったですね」

「私にも、お母さんがいたのよ」

「そりゃあ、いらっしゃったから、こうしてとも子先生がいらっしゃる」

「そうね。利用者さん達にもお母さんがいらっしゃったのよね」

「私達が利用者さんを粗末にすれば、天国に行った時に蹴飛ばされますよ」

「大切にしてるわよ」

「私もそう思います。みゅうも首を噛まれて、痛いって啼かなかったです。親は、あんな風にして育てるんですね」

「みゅうも、お母さんのおっぱいを飲めてよかったのよ」

「今頃は、皆で、お母さんのおっぱい飲んでいるのでしょうね」

「少しでも、みゅうに関われてよかったわね。利用者さん達も喜んでくれたし、ちょっぴり淋しいけどね。さぁ仕事、仕事」

リビングに戻った二人は、キッチンに向かった。


いい天気が続き、この日も絶好のお出かけ日和だった。ユキと貴田は隣の市の海浜公園に来ていた。

「こちらは、川崎や横浜、東京が見えます」

展望台に行ってみると、海の向こうにかすかに見えた。S町は、あの方向かしらと見つめていると貴田が言った。

「東京方面ですね」

「はいS町で生まれて育ちました」

「そうですか。僕は渋谷です。今でも渋谷に家があり、父と兄夫婦が住んでいます。土日は父が、こちらに帰ってきます。だから、土日は食事が豪華です。平日は母と二人ですから適当です。母は、東京で花道と茶道を勉強していて、その日は渋谷の家に泊まってきますので、僕は一人になります。一人になると仕事に精一杯頑張れますが、時々あなたのことを思って和んでいます」

「ありがとうございます」

二人の間を爽やかな風が通り過ぎた。海の向こうのその奥から、富士山が見えた。

「あぁ、富士山です」

「そうですね。今日もどっしりと大きくて、美しいですね」

「あのお山の上は、何が見えるのかしら」

「山も町も、そうそう海も見えますよ」

「高い所って素晴らしいですね」

「そう、ちょっと高い所から見ると、違う景色が見られます」

「毎日、同じ景色を見ている私には、進歩がないのですね」

「そんなことはありませんよ。今日、ここに立って思うこともあるでしょう？」

「えぇ、胸がすうっとする感じ、何もかも吐き出したい」

「あなたには、吐き出したいものがあるんですね」

「はい。でも怖くて吐き出せません。でもその横で、こんな幸せは充分過ぎるよって、声も聞こえるのです」

「僕では、まだ力不足ですね」

「そんなことはないのですが……」

「いいんですよ。この景色で和んでいただけてよかったです」

「ありがとうございます」

二人はしばらく展望台にいた。

しばらく経って、子供連れの若い夫婦が上がってきた。

「あっ、富士山だ」

子供が叫んだ。

「この前登ったね」

「登ってる時も景色がきれいだったよ」

「今日もきれいだね」

二人はそっと下に降りた。上では親子のはしゃいだ声が聞こえていた。

ユキは、『私には、こんな会話がなかった。両親と外に出たことはなかった。もし出掛けたら、こんな楽しそうな時間を持てたかしら』と思った。

「楽しそうなご家族でしたね」

「そうですね」

「僕も、父と兄とで富士山に登りました。母はホテルで留守番でした。最初は、ホテルに残してきた母を気にしていましたが、景色の美しさに見とれ、登っている時は苦しくて、終いには、母のことを忘れていました。単純に、富士山の素晴らしさに魅了されていたのです」

「…………」

「そして、どんなに大切なものでも、その場の雰囲気で忘れてしまうということも、悔しいけど分かりました。だから、僕には、とても大切な母を守り通すことは、できないということも分かりました。悲しいと思いました。薄情な自分を罵りました」

「………」

「でも今は、母は、僕より父を愛している。母は、自由に父を愛することができる。それが母の幸せなのかも知れないと、思っています。独り善がりな僕の気持ちより遥かに高尚な母の気持ちを大切に、今はしています」

ユキの目から涙が溢れ出た。止めることができなかった。次から次へと溢れ出た。

「ごめんなさい。自分のことばかり話して……」

「いいえ、違うのです」

ユキは、自分の父母のことを思っていた。こんな自分のために夫婦の時間もなくして、自分の教育に大切な時間を費やして、亡くなってしまったのだ。その恩も返せず、こうして生き延びている自分を惨めに感じていた。貴田は泣いているユキを見守っていた。

そして、落ち着いてきたユキに声をかける。

「僕の話が、あなたを悲しくさせてしまったのですね」

「いいえ、違います。私の以前のことを思い出したのです」

「そうですか……」

「ごめんなさい。もう少し経って、話せる時が来たら、お話しします」

「あなたには、僕の話など比較にならないことがあったのだろうと推察できます」

「………」

「無理にお話ししなくていいですよ。そろそろお昼にしましょうか」

「不愉快な気分にさせて申し訳ございません」

「いいえ、一歩、ユキさんに近付いたようで嬉しく思います」

「あら」

二人は、顔を見合わせて微笑んだ。

「お天気がいいから、皆さん楽しそうですね」

「ここは広いから、それぞれの話し声が聞こえないので、プライバシーも守れます」

「その点、静かですね。あのブロックの前に座りましょうか」

そこは、富士山が大きく見えた。目の前に、川崎や横浜の町並みがうっすら見え、群青色の海が漂って見えた。

「あらススキの穂、そうそうこの前、秋の七草を間違えて、朝顔って言ったような気がするの、もう一度、言い直すと、萩、尾花はススキのことよ、葛、桔梗、撫子、女郎花、藤袴なのよ」

「そうなんですね。僕は、ずっと前に覚えて忘れました。ついこの間もこの話をしたのに」

「秋の七草など覚えていても、何の役に立つのでしょうか」

「ずっとずっと昔から、生きてきた人達が、仕事の合間にその時々に咲いている花を見て、ああ、秋が来たんだなあって、ほっとする瞬間は大切にしたいと、誰もが思っていたんだと考えます」

「なるほど。あっ、こんなに潮風が強い所に、たんぽぽが咲いてるわ」

「強いですね。頼もしいですね」

「よく見るとクローバーも芽吹いていますよ」

「寒い冬を生き延びてきたんです。生命は計り知れないほど強いんですね」

周りには、枯れ草の合間に新芽が出ていた。木々にも茶色の皮をはいで、木の芽が太陽に向いていた。岩陰には、緑の塊がポツリポツリと見えていた。

敷物の上に、とも子と合作の弁当を並べ、ユキは、温かいお茶を入れた。

「今日もデラックスですね」

「お口に合うかどうか分かりませんが、お弁当作りは、とも子先生も私も楽しいです」

「それはよかった。僕の母は、『あちら様は苦痛かも知れないから、午後から出掛けた方がいいのでは』と言っています」

「別に苦痛ではありません。おばあちゃん達にも楽しい食事になるよう、いろいろ考えるのは楽しいんです。認知症の患者さんは、味覚障害者が多いと言われていますが、見た目がよいとおいしそうと思われているらしいので、食事を残さず食べていただけるのは嬉しいです」

「そうですか。作り甲斐がありますね」

「はい。だから、おばあちゃん達の顔を思い描きながら作っていると、あっという間に時間が過ぎてしまいます」

「一日が過ぎるのが早いですね」

「そうなんですよ。さぁ、いただきましょう」

「すごいステーキですね」

いつもの料理の中に、少し大きめのビーフステーキがあった。

「昨日の残りが二切れあったので、とも子先生が作ってくれたの」

「そうですか。いただきます。うまい！」

「ありがとうございます」

二人の間をちょっぴり暖かい風が、通っていった。

ステーキの他には、作り置きのきゃら蕗《ぶき》とタラの芽の佃煮などの箸休めが入っていた。

「このお弁当、楽しみなんですよ。あなたにお会いできるのも……」

「私は、お話しできる人は、数少ないのです。その少ない人にあなたがいて下さって感謝です」

「お互いよかったですね」

二人は見つめ合った。そこにボールが転がってきた。貴田は、そのボールを速やかに手に取り、ボールを追ってきた小学生ぐらいの男の子に差し出した。

「ありがとうございます」

男の子は帽子を取って頭を下げた。貴田はニコニコ笑って、

「どういたしまして」

と返した。

男の子は帽子を振り振り去っていった。ユキもニコニコ笑っていた。

川津桜が満開になり、染井吉野が満開になり、八重桜が満開になった。

利用者達は、ますます散歩が好きになった。田んぼの稲の緑が少し濃くなり、角を曲がると山羊が九頭群れていた。子山羊も生まれ、めえめえと鳴く声で賑やかになっていた。

畑中さんは角が立派な山羊が好きで、見とれて足を止めている。

「皆さん、じゃあ、ここでおやつにしましょう」

ユキはビニールのシートを下に敷いた。その上に利用者は座り、おやつを食べ、アップルジュースを飲んだ。

「お花見は前に済んだけど、山羊と一緒にいるのもいいね」

湯川さんが言った。

「湯川さんは、山羊さんのお尻を見ているんだよね」

福山が言った。

「そんなことないよ。角だって芸術的じゃないか」

「えっ湯川さん、芸術が分かるの？」

「そりゃあ、これだけ年を重ねれば、芸術だって分かっちゃうよ」

「そうなの？　亀や鶴も芸術が分かるの？」

「分かってんじゃないの？　ただ口がきけないから、通じないだけさ」

「国会の討論よりも面白いね」

　福山が声を掛けた。

「そうだよ。皆といると楽園だよ。こんな面白いとこ初めてさ」

「気に入ってるの？」

「気に入ってるさ。ここは、死ぬ一歩手前の楽園だよ。施設ってさ、地獄かと思ってくるのは嫌だったけど、きれいな姉ちゃんばかりでびっくりしたよ。まぁ楽しいね。一日が早く過ぎちゃって怖いくらいだよ」

「いいじゃないか」

「そうだよ。お兄さんも、こん中に入れてよかったね」

「そうだね」

「仲間は女性が多くて幸せさ。触り放題だからね」

「何よ。ばあさんのお尻は骨ばってつまんないって言ったのは誰よ」

「言ったっけ」

「変態！」

「俺は、ばあさんのお尻より、山羊の角の方がいいね。くるりと曲がってるのが芸術ってもんさ。湯川さんと違うよ」

「まあ、人それぞれさ。俺は、ばあさんにきゃあきゃあ言われると、胸がきゅんとするよ」

湯川さんが、自分の胸を抱いた。皆がわぁっと声を上げた。春の陽差しはだんだん強くなってきたようだった。


五月、田んぼの畦道には、花菖蒲やあやめが咲き誇り、空には民家の大きな庭に掲げた鯉のぼりが泳いでいた。今日もユキは、利用者と散歩に出掛けていた。景色は変わっていたが、大きな富士山は変わらずよく見えた。

散歩から帰り、小滝さんの車椅子の車輪を拭いていると、とも子が走ってきた。

「ユキさん、長田さんとおっしゃる方が来られているわよ」

「えっ」

ユキは青ざめた。

「すみません。佐藤さん、私まだ拭き終えてないのです。お願いしていいですか」

「いいですよ」

佐藤が代わると同時にユキはとも子の後に続いて、会議室に急いだ。会議室には女性が不安げな表情で座っており、入室したユキを見ると立ち上がった。

「ユキちゃん」

「おばさん。西野久が来たのですか」

「私が今日、こちらを探しあてたのですから、西野さんも近くにいると思います。急ぎましょう」

「とも子先生、西野久は、私の本当の父です。父は私を殺しに来ています」

「え、何ですって」

「父が私を殴った時、私は気を失いかけていましたが、ぶっ殺してやるっていう声が聞こえました。長田さんが盾になってくれたおかげで、私は逃げることができました」

「えっ」

「だから、私は死にたくないし、そんなひどい父でも、父を殺人者にしたくないのです。どうぞ、あの指輪とネックレスを預かって下さい。必ず戻ります」

ユキは身の回りの物をバッグに詰めた。

「あっ、ちょっと待って、冬になったら渡そうと、レインボーの襟巻きを編んだのがあるの、持っていって」

「ありがとうございます。本当に本当にお世話になりました」

ユキは、とも子に抱きついた。とも子もユキを強く抱いた。二人の鼓動が一緒になって強く響いた。

「ユキちゃん早く！」

長田が叫んだ。ユキは長田の後を追って走り去った。

それから、誰もユキを見ていなかったし、話題にも上らなかった。ホームの人達は幸せに暮らしていた。貴田は、母親とシンガポールで暮らしていた。


ユキがホームを去ってから半年が過ぎて、冬将軍が活躍する季節が来た。ユキと長田は、四ヶ所の町を転々と過ごし、ある町に来た。

その町の駅から三回乗り換えて、二人は東北に向かっていた。外の景色は、すっかり雪景色になっていた。

停車した電車の中は、乗客が一人降り、二人降りして、ユキと長田の二人と、あとはポツンポツンと数人になっていた。

前の車両から西野久が現れた。

「ユキ、捜したぞ、東京に帰ろう」

「…………」

「さぁ、降りよう」

久はユキの背中を押してドアからホームの外へ押し出した。ドアが閉まる前に、ユキは身を翻して電車に乗った。久は慌ててユキを捕まえようとして、ユキの首元に巻かれた、あのレインボーの襟巻きを掴んだ。するすると襟巻きは久の手に移った。そして、ドアが閉まった。

ユキの目から涙が溢れ、ドアの前でうずくまった。長田は、静かにユキの背中を擦った。

冬の根雪が溶けて、雪国の深い線路のそばで、行き倒れた外傷のない男性が凍死したというニュースが、テレビで流れた。事故現場には、あのレインボーの襟巻きの端が映っていた。

終わり

著者プロフィール

小籔 美恵子（こやぶ みえこ）

昭和18年 8 月 4 日生まれ
神奈川県出身
千葉県在住
国学院大学、千葉大学、淑徳大学卒業
文学士、工学士、社会福祉士、ケアマネージャー

おおつごもりから

2023年10月15日　初版第 1 刷発行

著　者　小籔 美恵子
発行者　瓜谷 綱延
発行所　株式会社文芸社
〒160-0022 東京都新宿区新宿1－10－1
電話 03-5369-3060（代表）
03-5369-2299（販売）

印刷所　図書印刷株式会社

©KOYABU Mieko 2023 Printed in Japan
乱丁本・落丁本はお手数ですが小社販売部宛にお送りください。
送料小社負担にてお取り替えいたします。
本書の一部、あるいは全部を無断で複写・複製・転載・放映、データ配信することは、法律で認められた場合を除き、著作権の侵害となります。

ISBN978-4-286-24597-3